屍喰鬼《グール》ゲーム

涼森巳王
SUZUMORI Mio

竹書房

屍喰鬼ゲーム

涼森巳王

竹書房

目次

登場人物紹介

結城詩織（ゆうき・しおり）
記憶喪失の女性。二十歳すぎ。まじめで、わりと冷静。芯がしっかりしている。

鬼頭優花（きとう・ゆか）
大和撫子風の黒髪美人。初日に詩織と仲よくなり、香澄とともに同じグループに。

市川香澄（いちかわ・かすみ）
しっかり者の女子高生。機転がきいて度胸がある。父親が莫大な借金を残して蒸発。

神崎（かんざき）
謎のイケメン。頭の回転が速い。恋人を自分がうつした流行病で亡くした。

才木アリス（さいき・アリス）
母がノルウェー人のハーフ。金髪美少女。父は財閥の社長だが、じつはマフィア。

初瀬里帆子（はつせ・りほこ）
元看護師。気の強い姉御肌。三十代。合理的で思考の持ち主だが、人情家の一面も。

沢井獅子飛（さわい・らいと）
高身長スポーツ刈りイケメン。ゲームを仕切ろうとするが、隠れ暴力傾向がある。

木村勇司（きむら・ゆうじ）
高学歴、一流会社のサラリーマンだったが、横領でクビになった。沢井の班のリーダー。

島縄手翔平（しまなわて・しょうへい）
神崎と行動をともにし、アリバイ証明をする。利己的な強面のチンピラ。

河合（かわい）
大人しく物静かな女性。自身の娘を自動車でひいて死なせてしまった過去を持つ。

柴木（しばき）
元医者。外科医としての腕はいい。痩せ型のおじさん。四十代。

薬師寺（やくしじ）
一九〇センチの巨漢。アリスの父の部下。アリスの父に助けられ。恩を感じている。

第一章　ゲーム開始

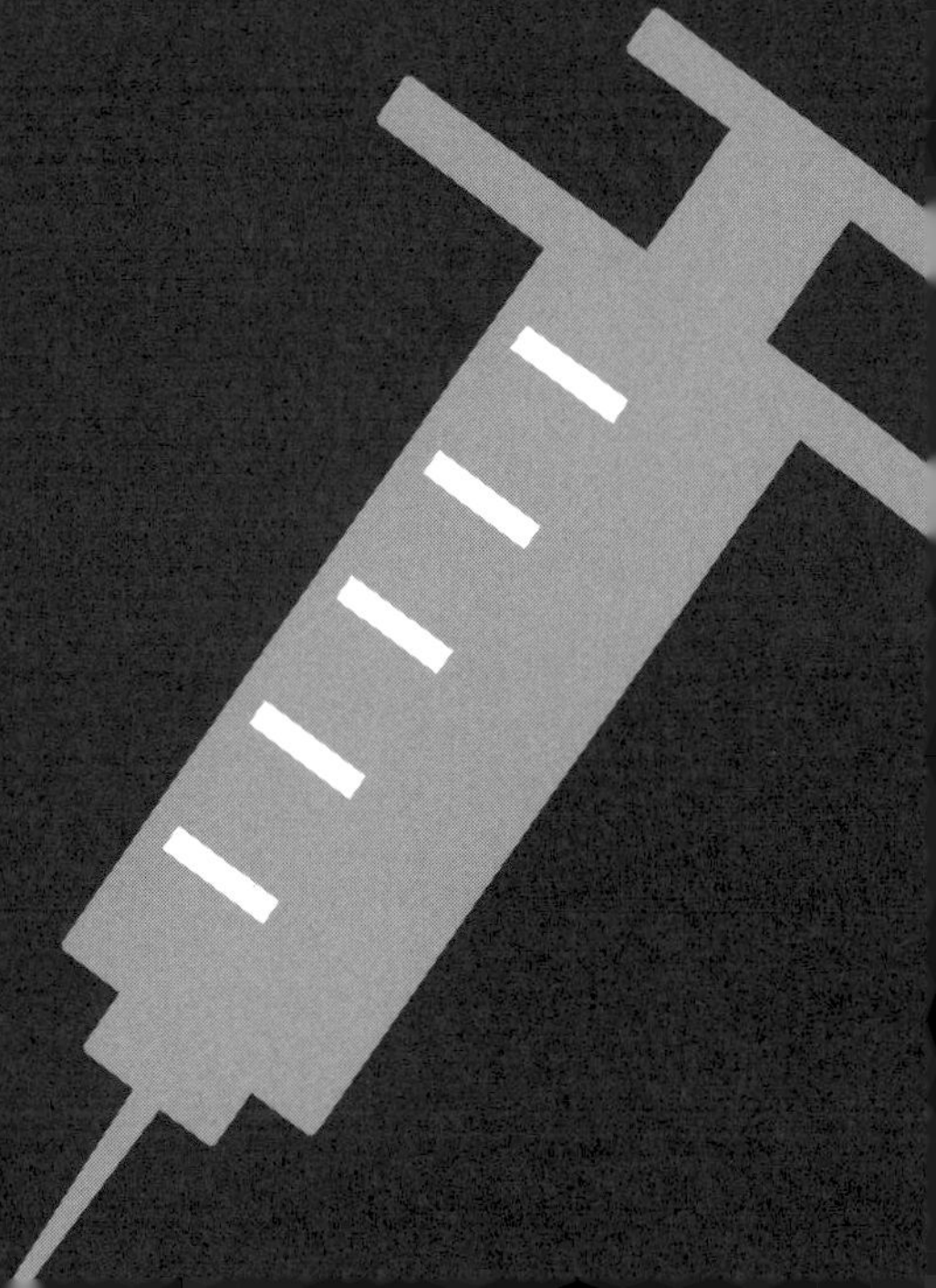

いきなり始まったソレ

遠くから白い光が迫る。

ふわふわと空を飛んでいるような。

おーい、おーい、おーい。

わたしは鳥になったんだろうか？

＊

目がさめると、そこにいた。

どこかの建物のなか。それも、かなり大きな建物のようだ。広いエントランスホール。人工の照明が明々とあたりを照らしている。

わたしの目の前に白い服を着た人が立っていた。顔はマスクやゴーグルで隠され、手にも青いビニールの手袋をつけ、よくテレビなどで見る感染病棟の医療従事者みたい。

意識がもうろうとしてる。なんとなく体がだるく、自分の状況を把握できない。

よく見れば、わたし以外にも、まわりにたくさんの人がいる。

それを見て、初めてギョッとした。みんな両手足を結束バンドで縛られてる。その上で椅子に固定されていた。

もしかしてと思ったら、やっぱりそうだ。わたしもそうされてる。自分の体を見おろすと、胸に名札がついていた。角度が悪くて文字が読めない。


名前……名前……わたしの名前……。


不思議と思いだせない。

自分がどこの誰で、今ここで意識が戻る前、何をしていたのか。

こういう状態を記憶喪失というんじゃないかってことは知っていた。つまり、記憶全部が消えてるわけじゃない。何かのショックで一時的に混乱してるのかもしれない。

そんなことをぼんやり考える。

目の前の白衣を着た人物が、注射器を手にしていた。もともとアンプルは入ってたみたいで、わたしの服の袖をまくって針を刺してきた。かすかな痛み。よくわからない奇妙なピンク色の液体が、わたしの体のなかに入ってくる。

白衣の人はほかにも数人いた。手ぎわよく次々と拘束された人たちに、同じピンクの薬剤を注射していく。

そのせいか、またもや意識が混迷してきた。眠ってしまったんだと思う。

どれくらい時間がたったんだろうか。

わたしはまた目をさました。

さっきとほとんど状況は変わってない。でも、白衣の人たちはいなくなってた。それに、手足の拘束もとけてる。

エントランスホールには全部で三十人ていどの人がいた。ぐるっと円を描いてならべられた椅子にすわらされてる。男もいれば女も。年齢は十代後半から四十代までだ。

わたしは気になってた名札を持ちあげて、そこに記された自分の名前を見た。

〈結城詩織《ゆうきしおり》〉

それがわたしの名前らしい。

ほかの人たちも目をさましつつあった。

いったい、これはどういうこと？

なんで自分はこの人たちと、知らない場所にいるの？

戸惑ってると、とうとつに天井から声が降ってきた。マイクを通した音だ。この建物のなかには館内放送をする場所がある。

「あなたがたは被験者です。さきほど、全員に注射を打ちました。その多くはただのビタミン剤です。ただし、被験者のなかで一人だけ、我々の開発した試験薬を注入しました」

試験薬の被験者。

新薬の治験のアルバイトの話は聞いたことがある。だけど、わたしはそんなものに申しこんだ記憶がない。そもそも、ほかの記憶もないけれど……。

もしかして、わたし、何かの治験に申しこんだのかな？　それで記憶がなくなるようなそんな薬を使われたの？

そう考えれば、あるていど納得はいく。


アナウンスはさらに続いた。

「試験薬の効果をこれから説明します。きわめて重要な事項なので、みなさん、よく聞いておいてください。その薬品の正式名称はまだ内密にさせてもらいます。かりに、グールウィルスとしましょう」

グールウィルス……何かのウィルス？

でも、ふつう治験では薬の効果を試すものだ。ウィルスを注入するなんて、ありえない。

「ウィルスと言っていますが、ウィルスではありません。この被験者と接触しても、第三者には感染しません。みなさんにわかりやすい便宜上の呼称にすぎないのです。この薬品は人間をじょじょにむしばみ、一週間以内に特効薬を打たなければ死にいたります。体内のタンパク質が過剰に分解され、神経系等に異常を起こしたり、症状が進めば身体の一部がくずれおちます。端的に言えば、細胞が壊死《えし》します」

とつぜんおかしなことを告げられ、周囲がざわめく。

「壊死？　何言ってるんだ？」
「体がくずれるって……」
「やだ。そんなの……」

泣きだす女の子もいる。
わたしだって身ぶるいがした。もしも自分がその一人だったらどうしよう。そんなの絶対にイヤだ。

「ただし、進行を食いとめる方法が一つだけあります。グールウィルスのおもな症状はタンパク質の分解です。人体のタンパク質の喪失は人体からのタンパク質で補えます。つまり、一日一回、人肉を食べてください。量は成人の片腕半分でけっこうです。そのようにすれば、壊死をふせぎ、進行を遅らせられます」

悲鳴があがる。

なんてこと。

人肉を食べる？　嘘でしょ？

そんな恐ろしい行為をしなきゃ生きられないなんて、いくらなんでも治験の域を超えてる。倫理的にゆるされないんじゃないの？


アナウンスは続いた。

「さて、グールウィルスが投与されたのは、みなさんのうちの一人だけです。ほとんどの人には何も起こりません。しかし、放置しておけば、みなさんはグールに食べられてしまいます。そこで救済措置として、一日に一度、夕食のあとに裁判をひらきます。みなさんは相談の上、グールだと思う人を決めてください。我々がその人を拘束し、処分します。処分が成功すれば、翌朝の犠牲者はありませんから、グールは始末されたことになります。その時点でみなさんはここから解放されます」

「処分？　それって、処刑、するのか？」と言ったのは、背の高い青年。二十代なかばで、わりとイケメン。学生時代には運動部のキャプテンをしてましたって感じ。沢井、という名字が名札に記されていた。

「さようです。我々もすでにどのアンプルにグールウィルスが入っていたのかわかりません。ランダムに投与しましたので。処分しなければ、屍食《ししょく》は止まりません」

わたしはふるえが止まらなくなった。

そうだ。さっきは自分がグールになってたらとしか考えなかったけど、確率から言えば、そうじゃない場合のほうが高い。誰かわからないグールに殺されて、食べられてしまうかもしれない。

「で、でも……」と、今度、口をひらいたのはメガネをかけた細身の青年だ。これも二十代。席が遠いので、名札は見えない。

「でも、グールになった人が必ず人を殺して食べるとはかぎらない。だって、自分がそうだとわからないかもしれない」

なるほど。そのとおりかも。それに自分がそうだとわかっても、人を殺したり、食べることにためらいをおぼえない人なんていないはず。迷ってるうちに病気《いき》が進行してしまう。

わたしはそう思ったんだけど、その考えはあっけなく否定された。

「グール化の兆候は数時間で現れます。当事者はただちにわかります。また、兆候が現れたのち数時間のうちには、タンパク質を補充しようという本能が強烈な飢餓《きが》感となって本人を襲います。

飢餓状態のときには理性がいっさいききませんので、確実に一日ぶんのタンパク質を摂取するまで本人の意思はなくなります」

つまり、グール側はその他の人たちのために、何一つ手心をくわえてくれない。羊の群れのなかにライオンが一頭まじってるのといっしょだ。しかも、そのライオンはふだん羊の皮をかぶってる。

自分以外の人に対する不信感が、いっきにひろがってくのが目に見えてわかった。誰もが恐怖に満ちた目で周囲の人々を見ている。

たぶん、たっぷり十分は、無言のまま近くの人の顔を、それぞれ、うかがった。

ふいに泣き笑いみたいな声で、女が笑いだす。三十代くらい。どこかやつれて見える女だ。河合、と名札には書かれてる。

「わかった。これ、ドッキリでしょ？　なんかのテレビ番組が素人をだまして、おもしろがってるんでしょ？　こんなバカバカしいこと、起こるわけないもんね。日本は法権国家なんだから」

そうであってほしいと願うような笑い声が、しばらく響く。

アナウンスは冷たく言い放った。

「でしたら、今夜の裁判をさっそく初めましょう。処刑の場面を見れば、みなさん信じてくださるでしょうから。今から十分間、みなさんに猶予《ゆうよ》をあたえます。誰がグールなのか、熟慮してください。十分後に多数決で処分する人を決定します」

　プツンとアナウンスの切れる音がした。

　被験者と言われた人たちは、それでもまだ沈黙でたがいの顔を見あってる。

「これじゃダメだ」

　言いだしたのは、さっきの沢井って人だ。

「十分しか時間がない。どうするんだ？　みんな。結論を出さないと」

　四十代の男の人がうなずく。会社の役員っぽい。高そうなスーツを着てる。名前は木村。

「兆候があるって言ってたろ？　みんなで調べあったらどうだろう？」

「でも、どこにどんな形で出るんですか？」

「さあ、わからんが何もしないよりはいい」

「そうですね」

　沢井と木村が二人で話すのを、ほかの人たちは見てるだけだ。

　さっきの河合という女はまだ笑ってる。

「やっぱりドッキリなんでしょ？　白々しい芝居、いいかげんやめてよ」

　なんて、つぶやく声が聞こえた。

「あの、とりあえず、注射跡を調べてみたらどうでしょう？　たぶん、壊死が進むとしたら、その部分からだと思うんですよね」

　高校の制服を着た女の子がそう言いだしたのでおどろいた。まだ十六、七だろうに、ずいぶん冷静な子だ。そんな考え、わたしには思いつかなかった。

　またうなずいて、木村が言う。

「たしかにそのとおりだ。みんな、腕を出してくれ」

　何人かは素直に服をめくった。わたしもたしかめてみた。けど、なんの変化もない。たしかに針を刺したあとが、ぽっちりと赤くなってる。それだけだ。

　すると、今度はアラサーの派手な顔立ちの女が言う。かなり美人だけど、性格はキツそう。

「兆候が出るのは数時間後って言ってなかった？　たぶん、わたしたちが気絶してたのは一時間かそこら。まだ兆候は出てないんだと思うな」

　うーん、と木村や沢井がうなる。この状況で誰か一人を処刑するなんてできない。だけど、十分なんて、あっというまだ。

　ふたたび、アナウンスが告げた。

「決まりましたか？　今夜は誰を処分しますか？」

　全員が緊張した顔で黙りこむ。

　答える者はいない。

きっと、木村や沢井は仕事や学生時代の活動で、主導権をにぎることになれている。だからと言って、とつぜん、こんな異常な状態に置かれて、いきなり「この人を死刑にしましょう」とは言えないみたいだ。

と、アナウンスが言った。

「では、今夜の裁判は処分放棄でよろしいですか？」

沢井と木村がうなずきあってる。

ふふふと笑ったのは河合だ。

「そうそう。それでいいのよ。だって、ドッキリなんだから、ほんとに誰かを殺すなんてできないもんね」

そうだろうか？

そうならいいんだけど。

それで、少し場がなごんだ。

きっと、このあと著名なタレントが出てきて、ドッキリでしたって告げるんだ。みんな、そう信じた。

「順序が逆になりましたが、これから夕食です。一人一つずつトレーをとってください。翌朝以降、食事は一日三食、すべてこのホールにご用意いたします」

ホールの奥からロボットが五台、キッチンワゴンを押してやってくる。給食用バットみたいなものにかんたんな料理が一人前ずつ載っていた。飲み物はミネラルウォーターとお茶が一本ずつだ。

「明日の朝まで飲食物の補給はありません。入浴はシャワールームを使用してください。寝室は館内をご自由にお使いください。ただし、鍵のかかる部屋はかぎられておりますので、お早めの確保をおすすめします。では、みなさま。ご無事に明日の朝を迎えられますように」

アナウンスは切れた。

わたしはフォークを手にとって、ふつうに食事を食べ始めた。ポテトサラダと春巻き。唐揚げが数個。それに白いご飯と中華スープ。嫌いなものじゃなくてよかった。

椅子に収納式のテーブルがついてる。トレーを載せて春巻きを口に運ぶと、自分が空腹だったんだとよくわかる。あったかいご飯のおかげで緊張がほぐれた。

でも、ロボットからトレーとペットボトルを受けとったとたんに走りだす人たちがいた。鍵つきの部屋を探しに行ったんだと、背中を見送ってから、やっと気づく。もしかしたら、のんびり食べてる場合じゃなかった？

わたしがすくんでると、となりの女の人が声をかけてきた。

「すみません。これ、ほんとにドッキリなんですか？　それとも、わたしたち、何か事件にまきこまれてます？」

　二十歳前後だ。名札を見ると、名前は鬼頭優花《きとうゆか》。いかめしい名前とはまったくそぐわない、今どきめずらしい大和撫子。顔も可愛い。

　相手がおとなしそうなので、ホッとして答える。

「わかりません。わたし、ここに来る前の記憶がなくて。なんだか、ぼんやりして……」

「ああ、それ。わたしもです」

　よかった。わたしだけじゃなかったんだ。やっぱり、何かの薬の作用だと思う。そうなると、ドッキリっていうより治験の可能性のほうが高い。きっと、集団心理か何かの実験に違いない。

「よくわからないけど、みんなに薬が使われて、記憶が奪われたんだとしたら、テレビ番組ではないと思います。テレビでそこまでするのは、法律にふれるんじゃないですか？」

「ですよね」

　だけど、治験だったら、ほんとに人は殺さないだろう。これはきっと極限状態で人間がどういう行動をとるかを調べてるんだ。きっと、そう。

　わたしたちの会話を聞いて、すぐ近くにいた女子高生と、二十代の男がそばによってきた。椅子の背には一人ずつ名前が貼ってあるものの、移動はさせられる。

　高校生はさっき、やけにしっかりしてると思った子だ。

「わたし、市川香澄《いちかわかすみ》です。お姉さんたちが一番信用できそう」

「僕は戸田裕樹《とだゆうき》です。そばにいたので、話にくわわってもいい？」

ぐうぜん、わたしの名字と戸田の下の名前の読みが同じだ。

まわりでも、何人かが年の近そうな人同士で話しだす。沢井は木村や会社員らしい人たちとひとかたまりになってる。

被験者はおおむね平凡な、どこにでもいる人たち。ただし、数人、とても目をひく容姿の人もいた。

とくに目立つのは金髪の美少女。ハーフのアイドルかと思うほど、端正な美貌と抜群のスタイル。数人の男が美少女のまわりにむらがってる。

悪い意味で目立ってる男もいる。街で出会えば、たいていの人がさけて通るタイプ。指名手配中の凶悪犯みたいな風貌で、目つきがするどい。

あとは一人だけ、誰とも話さず、黙々と食事をしながら、みんなを観察してる男。

なぜか、その人が気になった。キレイな顔立ちをしてるから、というより、ふんいきのせいかな。なんとなく謎めいてる。


「これ、やっぱり、なんかの実験かなぁ？　人間の行動学とか、心理学とか？」と声をかけられて我に返った。戸田がこっちを見てる。

「たぶん。それが妥当な考えかなと思います」

わたしが答えると、ホッとしたように、優花が吐息をつく。

「そうですよね。いくら実験だからって、人を殺していいわけがないし。それにしても、グールって、なんですか？　グールになっていくって、どういう意味なんですか？」

香澄が説明した。やっぱり、この子は冷静沈着で、年のわりにどこか冷めて見える。

「人間の死体を食べる化け物です。日本語では屍《しかばね》を喰べる鬼って書くの」

「そうなんだ……」

優花は初めて聞いたようだ。わたしはどこかで聞いたことがある気がした。たぶん、ゲームとか、オカルトとか、そんなもので知ったんだろう。

香澄は続ける。

「仏教で餓鬼《がき》っているじゃないですか。あれに近いものなんじゃないですかね？　餓鬼道って言って、悪行をした人が落ちる地獄の一種です。ネットで調べると、けっこうエグイ内容ですよ」

そんなふうに言われて、初めて自分のポケットをあさった。が、スマホはない。財布や免許証も身につけてない。最初から持ってなかったのか、治験のためにとりあげられたのか。自分を証明できるものがいっさいないなんて。

「ねえ、お姉さんたち。シャワー浴びに行きませんか？　一人じゃさすがに怖いので」

香澄が言うので、わたしはうなずいた。戸田が無念そうな顔をする。

「じゃあ、僕はもう寝ます。一晩くらい風呂は入らなくてもいいかな。どうせ着替えもないし」

男一人だから遠慮したみたいだ。そこで、戸田とは別れた。

＊

シャワールームは個室がいくつかならんでいた。いちおう男女でわかれてる。

この施設はもともとホテルか病院だったんだろう。床にはホコリがたまってるし、窓にヒビが入ってたり、壁に大きなシミがあったりする。長らく使われてなかった廃墟《はいきょ》を、急きょ使えるように水道と電気だけ通わせた感じだ。

着替えはないものの、タオルはそなえつけがあった。これも新しく用意されたものらしく、清潔な香りがする。熱い湯を浴びて、少しだけ人心地ついた。


わたしが個室を出たとき、優花と香澄はいなくなっていた。さきに行ってしまったらしい。急いでシャワールームをあとにする。むかいの男性用から出てきた人と鉢合わせした。あわててたので、あやうくぶつかりそうになった。

「や、ごめん。ごめん」

四十代の見るからに気の弱そうな人だ。小柄で、ちょっとお腹が出始めて、ちょっと髪が薄くなりだして。中間管理職の哀愁を感じるタイプ。名札には青居《あおい》と書いてある。

「あ、いえ。こっちこそ急いでたから。すみません」

青居はやや薄い頭をタオルでバサバサしながら、わたしの名札を見る。

「結城さんか。君、いくつ？」

「……」

いきなり女の年を聞いてくるなんて、セクハラだろうか？

わたしの目が侮蔑的になっていたのか、おじさんはあわてた。

「ああ、いやいや。君、うちの上の娘とちょうど同じ年代だからさ。なんかもう、うち帰りたくなっちゃったよ。ごめん、ごめん」

「ああ、そういう」

わたしたちはたがいの目を見てふきだした。

「君みたいなまともな子もいてくれてよかった。じゃあ、また。早く帰らないと、鍵つきの部屋がなくなるからね。君も気をつけて」

「ありがとうございます」

青居は急ぎ足で去っていく。

ふつうのおじさんだ。記憶にないけど、もしかしたら、わたしの父もあんな感じなんだろうか？

きっと娘に加齢臭がするなんて言われて、気にしてるのだ。じゃないと、シャワーを優先しない。鍵つきの部屋を早々に確保して、出てこないだろう。

悪い人じゃなかった。

そのとき、優花と香澄がトイレから出てきて手招きする。

「ねえ、結城さん。今夜は三人で同じ部屋を探さない？　わたし、一人じゃ寝られない」

優花がそう言うので、わたしも賛成した。一人になるのは不安すぎる。たぶん法律にふれないギリギリの実験にすぎないだろうけど、それにしても廃墟だし、グールが出るなんておどされたら、怖がらない女なんていない。

三人で建物のなかを歩きまわった。カーテンはやぶれてるし、窓にも鉄格子がハマっててひらかない。それでも、鍵のかかる部屋を見つけた。パイプベットが壁ぎわに二つずつ、計四つならんでる。

「ここ、いいですね」

「じゃあ、おやすみなさい」

「早く実験終わるといいな」

そんなふうに話して、ホコリっぽい布団にもぐりこんだ。

緊張してるせいか、なかなか寝られない。

今は夜中の何時ごろだろう。時計もないのでわからない。でも、きっと深夜ってほどではなかった。

どこか遠くのほうで、男の話し声がしてる。ときおり、笑い声。みんなけっこう快適みたい。

そんなにあわてふためいてはいない。

わたしは、なんでこんなところに……今まで何をしてたんだろう？　みんな、自分のこと忘れてしまって不安じゃないの？　子どものころの記憶も、何も思いだせない。

ただ目を閉じると、白い光が浮かんでくる。ふわふわと漂うような感覚……。


いつのまにか眠っていた。

とつぜん、目ざめたのは、どこかで悲鳴が響きわたったからだ。

ベッドにとびおきると、香澄や優花も起きてくる。

「ねえ、今の、何？」

「わ、わからない。誰かがふざけたんじゃ？」

「そんな感じじゃなかったですよ。お姉さん。断末魔の叫びって、ああいうのじゃないですか？」

香澄の言うとおりだ。

夢うつつで聞いたから、男か女かすらもわからなかったけど、ただごとじゃない。あんな悲鳴これまで一度も聞いたことなかった。まるで、獣に生きながら食われてるみたいな……。


「どう……する？」

たずねると、優花は泣きだした。首をふって頭をかかえる。

それを見て、香澄もため息をつく。

「あの感じだと、今さら遅いんじゃないですか？　今夜のグールは食事を終えたんでしょ？」

食事——つまり、人間が食べられたの？

いや、でも、ただのお芝居かも。グールが本物だと被験者に思わせて、行動を観察してるのだ。

優花が泣きじゃくるので、わたしはその考えを述べた。

「だから、心配ないと思うよ。今夜はもう寝ましょ」

「うん」

香澄も賛同する。

「それがいいです。どうせ廊下も暗いし。朝になってからたしかめましょう。とにかく、わたし、眠くて、眠くて。おやすみなさい」

年下の香澄にはげまされる形で、ベッドによこたわった。なかなか寝つけなかったけど、それ以降、なんの物音もしない。

ほかの部屋の被験者たちは、みんな、寝入ってるんだろうか。それとも、誰もが安全な朝が来るまで、ようすをうかがってるのか……。


考えてるうちにウトウトしていた。次に目がさめたときは朝だ。

まだ早朝のようだ。霧が出てる。やぶれたカーテンのすきまから、うすぼんやりした景色が靄《もや》のなかに見えた。

カツカツと足音が聞こえる。すでに誰かが起きて活動を始めてる。ぼそぼそと話し声も届く。

気になって、わたしは起きあがった。

「どこへ行くの？」

声をかけてきたのは優花だ。あれからまったく寝てないのだろう。泣きはらした腫れぼったい目だ。

「昨日のあれが気になるから、ちょっと見てくる」

「やめたほうがいいよ」

「でも、もう朝だから、とりあえず夜までは大丈夫」

「そうだけど……」

話していると、香澄が起きてきた。

「わたしも見に行きます」

「待って。一人になりたくない。二人が行くなら、わたしも行く」

けっきょく、三人で廊下へ出ていった。

夜中に悲鳴が聞こえたのは、どのあたりだったろう。

「そんなに近くじゃなかったよね？」

「わかんない。ウトウトしてたから」

「お姉さんたち。あっちに人が集まってますよ」

香澄に言われて、階段のほうへ歩いてく。

すでに十人近くが集まってる。沢井。木村。河合。謎めいた美青年も。みんな青ざめ、ひきつった顔をしてる。

「あの……？」

人だかりのあいだから、わたしはそれを見た。

とたんに息がつまった。

ただの心理的な実験で、ほんとに人殺しなんて起きないと思ってたのに。

そこにはひとめで死体とわかるものが、ゴロリところがってる。はらわたがひきさかれ、内臓がえぐりだされ……。

死体のある朝

どう見ても本物の死体だ。作りものではない。血糊《ちのり》の生々しさ。食いちらされた肉のグロテスク――

キャアと悲鳴をあげて、優花が倒れた。腰がぬけたのだ。

わたしだって、まともに見られない。すぐに目をそらして、うずくまった。

しばらくして、あのロボットが複数やってきた。ストレッチャーに死体を載せると、コロコロところがしていった。

そのとき、わたしは見た。死体の顔を。

「戸田くん……」

「えっ？」

「今の、戸田くんだった……」

昨夜、ほんの三十分かそこら話をしただけの人物だ。それでも、知ってる人があんなふうに亡くなるなんて、強い衝撃だった。

やっぱり、ほんとなんだ。ほんとにグールがわたしたちのなかにいるんだ。

その思いはとつじょ、そこにいるすべての人に芽生えたらしかった。数人は悲鳴をあげて、鍵のかかる自分の部屋へ走っていった。

「グールだ！　グールの仕業なんだ！」

そんな叫び声を、わたしはぼうぜんと聞いた。

ふるえていると、香澄が肩をつかむ。

「お姉さん。でも、これで、わかったよ。わたしたち三人はグールじゃない。わたしたち、どんなことがあっても協力しよう？　絶対に一人にならないように」

ハッとして、香澄を見なおした。

たしかにそうだ。昨夜、わたしたち三人は鍵のかかる部屋で一晩をすごした。寝てはいたけど、さほど熟睡はしてなかった。こっそり誰かが部屋をぬけだせば、気がついたはずだと思う。

これはもしかしたら、大ラッキーだったのかもしれない。誰がソレなのかわからない状態で、確実にソレじゃないとわかってる仲間がいるのは。

香澄の言葉で、優花も少し元気が出たみたいだ。三人で手をとりあってると、わたしたちの会話を聞いていたらしい沢井が声をかけてきた。

「君たち、昨日のアリバイがあるんだね」

「アリバイ？」

「だって、そうだろ？　三人ともずっと同室内にいた。鍵をかけて一歩も外に出てない」

「そうですけど」

「だったら、君たちはグールじゃない」

言われて初めてそれに気づいた。そうだ。優花や香澄がグールじゃないってことは、わたし自身もそうじゃないと証明してくれる人がいる。

「じつは、おれや木村さんも四人部屋で寝てたんだ。おれたちはみんなグールじゃない」

わたしが戸惑ってるあいだに、そういう流れになっていた。つまり、グール狩りが始まったのだ。

これはもうただの実験やドッキリなんかじゃない。どういう理由かなんて知らないけど、昨夜の説明はほんとなのだ。治験者のなかに一人だけ、グールがまじってる。その人物は一見ただの人間だけど、夜になると人肉を求めてさまよい歩く……。

だから、死にたくなければ、本気でソレをあぶりださなければならない。

「みんな、食堂へ行こう。ほかの人たちもそろそろ起きてくるはずだ。そこで、みんなのアリバイを確認する」

こういうとき、主導権をにぎってくれる人がいるのは、とても助かった。わたしにはそんなふうに自分からみんなをまとめていくことなんてできない。

ホッとして、優花の手をひきながら沢井についていった。

沢井のグループは男ばっかり四人だ。沢井と木村のほかは会社員風の三十代の男が二人。名札を見ると、清水、橋田とある。四人部屋と言ってたから、彼らは全員、昨夜のアリバイがあるんだろう。

これでわたしたち三人とあわせ、少なくとも七人はグールじゃない人が決定した。

一階のエントランスホールに全員でおりていく。その途中で男が一人、そっと離れていくのに、わたしは気づいた。名前も知らない男だ。昨夜は治験者の顔と名前を全員、把握《はあく》はできなかった。あの人、なんで逃げたんだろう？　みんなといたほうが安全なのに。

疑問に思ったものの、ほかの人たちはその男がいなくなったことに気づいてないみたいだったので、とにかく沢井たちについて階段をおりた。

一階のホールにはさきにロボットが来て、食事をくばっていた。階段からおりてきたのが十人弱。食堂には十五人くらいがいて、モーニングのセットを黙々と食べてる。

目立つ金髪の女の子とそのとりまきや、あの謎めいた美青年もいた。

彼がいてくれて、なぜかホッとする。そういえば、彼はさっき階段のところにいたはずだけど、いつのまにエントランスにおりてたんだろう。みんなが死体を見て戸惑ってるうちに、階下へおりていたのか。

「みんな、聞いてくれ」と、沢井がさっき階段のところで述べた説をここでも陳述する。

聞いていた人たちがざわめいた。話の途中で、急にソワソワしだして走りだす人もあった。

すると、沢井がみずから追いかけて、それを捕まえる。沢井はやっぱり体育会系で育ったに違いない。若いし、体力がある。俊敏な動きで男を押さえつけた。

わたしはその人を見て、ドキリとした。昨日シャワールームの前で話した青居さんだ。

「あんた、なぜ逃げだしたんだ？　昨夜のアリバイがないんだな？　そうだろ？」

「違う。おれは違う！」

「でも、逃げた。アリバイを追求されると困るからだ」

「……おれは怖かったんだ。鍵のかかる部屋を確保して、それから朝まで外に出てない。ほんとだ！」

たしかに、ちょっと話しただけでも気の弱そうな人だと思った。たぶん、嘘は言ってない。ほんとに怖かっただけなんだと思う。

だけど、まわりの人たちは誰もが青居を恐れるように、あとずさる。

アリバイがない。それはつまり、グールである可能性を示唆《しさ》している。


沢井は青居をかるがる押さえながら、大声を出した。

「みんなはどう思う？　この男が白か黒か、ハッキリさせたほうがいいと思うか？」

即座に、

「それはそうでしょう」と答えたのは、昨日もホールで発言してた派手な顔つきのアラサー女。

性格がキツそうだなと感じた人だ。今日は名札が見える。初瀬里帆子《はつせりほこ》。

里帆子は重ねて言う。

「昨日の夜からもう十二時間以上たってる。注射跡を調べてみたら？」

もっともな意見だ。

沢井は青居の腕を背中にねじりあげ、袖をめくりあげる。

「イテテテテ。痛いって」

でも、注射跡のまわりは別になんの変化もなかった。わたしの距離では、針のあとも見えない。とくに異常はないことしかわからなかった。


「見た感じ、兆候はないな」

「でも、兆候っていうのが、注射跡のまわりに出るとはかぎらないでしょ。それがどんな印なのか、知ってるのはグール当人だけ」と、里帆子が言う。この人はやけに医学的な知識に詳しい。

里帆子はみんなの視線に気づいたのか、こう述べた。

「わたし、看護師だから」

なるほど。それなら、一般の人とは異なる着眼点を持ってるかもしれない。

沢井がたずねる。

「看護師のあなたから見たら、どんな症状が現れると思いますか？」

「壊死が進行すると言ってたでしょ？　たぶんだけど、まずは鬱血《うっけつ》じゃないかな。体の一部が青くなる。ただし、天井の人が言うようにタンパク質を補給することで進行が遅れるなら、鬱血は周期的に出たり、消えたりするかもね。タンパク質を補給した深夜から午前中にかけては、あんまり目立たないでしょう」

「鬱血か」

「鬱血の前の症状として、他人から見ただけではわからないけど、体の痺《しび》れがあるはず。その段階で、本人には自分がそうだとわかる」

それを聞いて、青居は主張した。

「おれは違う。痺れもないし、体のどこも青くなってない！　調べたければ調べればいいさ。素っ裸にだってなってやる！」

青居が服をぬぎだしたので、わたしは顔をそむけた。会社の課長が社長命令で裸踊りを強要されたみたいな痛々しさがある。それほど必死なんだと、わたしにはわかった。

数分たって、沢井の声がした。

「たしかに印はないな。でも、それは今が午前中だからかもしれない。夕食の前に、もう一度調べて、それで何も変化がなければ、あんたは違うってことだ」

とりあえず容疑が保留になったので、青居は安心した。もしグール本人なら、夕方にもう一度調べられたらおしまいだ。ということは、やっぱり、この人は違うのかもしれない。いい人だと昨日も思った。善人だからグールじゃないって保証はないけど、でも、違う気がする。違っててほしい。

「じゃあ、えーと、青居さんか。あんたは夕方まで、おれたちが交代で監視してる。どこかへ隠れたり、逃げだしたりしないように」

「逃げも隠れもしないけどな」

青居に手間どってるうちに、数人がホールからいなくなってた。あの美青年も。わたしは落胆した。彼はなんだか人をさけてるように見える。話してみたいのに、そんなふんいきじゃなかった。

食堂に残ってたのは全員、昨夜を複数人ですごした人たちだ。全部で十人。これで十七人はグール容疑から除外される。半数以上の真偽が判明した事実は、かなり大きい。

沢井は木村と相談して、デイパックからルーズリーフをとりだすと、それにボールペンで嫌疑の晴れた人たちの相関図を書きだした。昨夜、同室でいた人数とそのメンバーの名前を、グループごとに記す。

「じゃあ、おれたちがA班。結城さんたちがB班。才木《さいき》さんたちがC班。初瀬さんたちはD班。初瀬さんと河合さんは二人しかいないから、グループ行動するときは、E班の津原《つはら》さんたちと合流してください。とくに夜は一人にならないように」

沢井はそんなふうに宣言した。すっかりリーダーだ。

才木さんというのは、あの金髪美少女だ。てっきり西洋人だと思ったけど、名前は日本人だ。

皮膚の白さからハーフだろう。フルネームは才木アリス。オタクっぽいのや若い男を数人したがえてる。

E班の津原というのは、メガネをかけた青年。初日にちょっとだけ発言してた。同い年くらいのもう一人の男とペアになってる。

香澄がポケットからスマホを出して、沢井の書いた相関図を写真に撮った。

「このメンバーは夜中に会っても安心ですね。おぼえとかなくちゃ」


そのとき、ふと疑問に思った。みんな自分の荷物を持ってるのに、なんで、わたしの所持品はないんだろう。ここにつれられてきたとき、何も身につけてなかったのだろうか？

それに、里帆子は自分を看護師だと言った。自分の職業をおぼえているのだ。つまり、記憶喪失のていどが人によって違う。わたしは子どものころのことも、成人してからのことも、仕事も、自宅の住所も、家族も、何も思いだせないのに。

もしかしたら、わたしだけほかの人とは少し条件が違うんじゃないかと思った。

それじたいが、なんとなく怖い。

まさか、わたしがグール……なんてことはないはずだけれど。

＊

そのあと、その場にいない人物の名前を知ってるだけ書きだそうと、沢井が言ったものの、明確におぼえてる人はいなかった。

さっきの初瀬里帆子の発言が真実なら、グールはとっくに自分の体の異変に気づいてるはず。これからは徹底的に集団行動をさけるだろう。

食事は三度、このエントランスホールでしかくばられない。でも、あるいはグールは深夜に食べる人肉だけで、ことたりるのかもしれないし、もしそうなら、ずっと人前に出てこない人がソレなのだが。


「あのガラの悪い人は島縄手《しまなわて》って名札に書いてありましたよ」と、メガネの津原が言う。

犯罪者みたいだと思った、あの男だろう。そういえば、今日はまだ姿を見てない。

「ほかには？」と、沢井。

香澄が口をひらく。

「一人、すごいイケメンがいますよね。あの人は神崎って名前です。今日はもう名札外してたけど、昨日、チラッと見ました」

やっぱり、香澄はしっかりしてる。観察眼もするどい。ただの女子高生とは思えないほど。

「島縄手と神崎ね」

ルーズリーフに書きこみながら、沢井がぼやく。

「それにしても、グールは一人なのに、どうして十三人も逃げまわってるんだ？」

それはもちろん、アリバイが証明されない人は否応なく死刑にされてしまう危険性があるからだ。ほんとは一人でいれば、グールに狙われやすくなる。彼らにとっても不本意なんだろうけど。

「とにかく、夜になるとこっちは鍵つきの部屋にこもるしかない。昼間のうちにグールをあぶりださないと、一人ずつ減っていくんだ」


すると、初めて金髪の美少女が声を発した。見ためから想像したのとは違い、少しアルトでハスキーな声。それがまた魅惑的だったりする。

「でも、わたしたちが鍵つきの部屋で夜をやりすごせば、何日かはもつよね？」

つまり、一人行動の人たちが犠牲になってるあいだは——という意味だ。

わたしは愕然《がくぜん》とした。こんなキャンディーみたいに甘ったるい見ためなのに、なんて残酷なことを言うんだろうかと。

しかし、正論ではある。わたしだってほかの人の代わりに自分が死ぬのはイヤだ。

「今、ここにいないのは十三人。一人は死んでしまったから、残り十二人。そのうち一人はグールだ」

そう言って、沢井が説明する。

「つまり、人間は十一人だろ。グールが毎晩、一人ずつ食べていく。一方で、裁判でも一人ずつ減る。ということは残り六日を乗りきるには、十二人の犠牲者が必要なんだ。一人たりない」

でも――と、理系の初瀬が反論する。

「六日めに残った一人は確実にグールじゃない。それなら、最後の日には必ずグールが処刑される。わたしたちは生き残れる」

この場にいない人たちのうち、十一人がグールではない一般人。それがわかってるのに、彼らを見捨ててしまえば、勝ち残れると主張してる。

なんだか、わたしは不安になった。たしかにそうなんだけど、ほんとに一週間でここを出られる保証もないのに。

「一週間で解放されるって言われましたっけ」

思わず、つぶやいていた。

「言われたよ。昨日の夜」と、香澄。

「そっか。忘れてた」


この場にいるメンバーは、それで安堵の吐息をついた。けど、木村は考えこむ。沢井のほうが体力的に優れてるし、ルックスもいい。だから、沢井をスポークスマンに使ってるんだとわかった。ブレーンは木村みたいだ。

「天井の誰かさん。我々は一週間で解放される。グールは一週間以内に特効薬だったかな？　それを打たないと完全に肉体が崩壊するからだって言ってましたね？　だから、我らを解放するわけですね？」

　今日はまだアナウンスを聞いてない。が、どこからか、このようすを見てるのはまちがいなかった。質問を受けて、ただちに答えがあった。

「そうですよ」

「では、もしも我々が一週間、グールを見つけだせなければ、どうなるんですか？」

「最後の夜の裁判で、グール以外の人が処分に選ばれてしまった場合、勝者はグールになります。よって、グールに特効薬があたえられ、そのまま社会に帰されます」

「そのとき、我々も解放されるのか？」

「あなたがたは敗者です。敗者にはグール研究のために協力してもらいます」

「研究に協力？　具体的に言えば、どうなるんだね？」

「グールウィルスを投与され、さまざまなデータをとらせてもらいます」

「それは生体実験に使われるという意味か？」

「いたしかたありません。そういうゲームですから」

「ゲーム？」

　天井の声が冷徹《れいてつ》に告げる。

「そう。屍喰鬼《グール》ゲームです」

　グールゲーム――

なんだか背中がゾワゾワする。
これは治験ではなかったの？
なぜ、わたしはこんなゲームに参加させられてるんだろう？

裁判・二日め

アナウンスが終わったあとも、全員が押し黙っていた。

グールを見つけられずに一週間経過すれば、そのまま実験台。

それは死刑そのものにほかならない。グールに食われるか、グールにされたあげく切り刻まれて死ぬかの二択……。


木村が顔をあげた。

「さっきの方法で最終日にはまにあう。だが、なるべくムダな死をさけたい。それと我々の勝利をさらに確実なものにするために、一日でも早くグールを見つけよう」

たしかに、そのとおりだ。

でも、じゃあどうやって、グールをあぶりだすのか？

「単独行動している者を一人ずつ見つけだし、兆候がないか調べる。それができなければ、一室に閉じこめて、一晩、外に出られないようにする」

沢井もうなずいた。

「その方法なら、一人ずつ、つぶしていけますね」

たしかにそうかもしれない。だからって、ほんとにそれでいいんだろうか？

もちろん、自分たちの命がかかってるんだから、みんなが必死なのはしかたない。それでも、どんどんエスカレートしてく沢井たちの行動が怖かった。自分たちが正しいと信じて、暴走していくんじゃないかと案じる。

昼食をはさんで一日じゅう、沢井たちは単独行動の人たちを探しまわった。

何人かは空腹にたえかねて、ホールにやってきたところを捕まった。でも、誰も兆候らしきものは見つからない。

「木村さん。この人たち、どうしますか？」

「一室にまとめておいて、翌朝、全員無事なら、グールではないと証明される」

捕まった人たちは、たがいの顔を見て青くなる。

「そんな！　このなかにグールがいたらどうするんだ！」

「そのときは運が悪かったと思ってくれ」

まだ二日め。

でも、すでに誰も木村と沢井に逆らえない。

わたしは何も言えないまま、これらのようすを見てた。

夕食前に裁判のための相談が始まった。最終日に必ずグールをしとめるには、もうあとは一回たりとも、処分の執行を放棄するわけにはいかない。

その人がほんとにグールかどうかは関係なく、誰か一人を必ず生贄《いけにえ》に選ばなければならない。

「誰が怪しいと思いますか？　木村さん」と、沢井がたずねる。

「我々の前に姿を見せた人たちは油断があったんだ。それだけ覚悟が浅い。もしも自分がグールなら、たった半日の空腹ていどで、ウカウカと人前には出てこないだろう」

「ですね。つまり、彼らがグールである可能性は低い。だからこそ、一晩の猶予をあたえて、無実を証明しようというわけですね」

「そういうことだ」

そう。グールなら、正体がバレたら確実に処分される。それを押してまで人前に出てくるメリットは少ない。

要するに、今ここにいない人こそ、もっとも怪しい。

アリバイのあった十七人。昼食のときに捕まった人たち六人がホールにいた。一人は死んだから、ここにいないのは六人だ。

「島縄手と神崎がいないな。ほかは名前もわからないやつら」

あっと声をあげたのは、メガネの津原だ。

「あいつ、いないんじゃないですか？」

「あいつ？」と、沢井が答える。

「ほら、朝食のときに逃げだそうとして、沢井さんが捕まえた男ですよ。夕方になったら、もう一回、兆候がないか調べようって」

「青居か。あいつは夕食前に来るっていうから部屋に帰してやったんだが……」

だけど、夕食が始まっても、青居は来なかった。

かわりに、やってきたのは、謎めいた美青年神崎と島縄手。沢井やほかの男たちが緊張して椅子から立ちあがる。捕まえるつもりなんだ。

その先手をとるように、神崎が口を切る。

「待った。あんたたちの言いたいことはわかってる。おれたちにアリバイがないっていうんだろ？　だから、こっちから提案がある。今夜、おれとコイツは一室でたがいを監視しあう。外から鍵をかけられるんなら、そうしてくれてもいい。明日の朝まで何事もなければ、おれたちは二人ともグールじゃない。もしも、どっちかがグールだったとしても、殺されるのは同じ室内のおれか、コイツだ。あんたたちにとってはグールの正体がわかる千載一遇《せんざいいちぐう》のチャンスだ。そうだろ？　今夜一晩だけ、おれたちを処刑するのを待ってくれ」

沢井は木村を見た。木村は熟考したのち、うなずく。

「いいだろう。理にかなってる」


わたしは胸のつかえがとれた。

神崎が自分から言いだしたんだから、少なくとも彼はグールじゃないはず。

彼が今まで隠れてたのは、そのためだったんだ。昨夜のアリバイがない彼らには、こうすることでしか他の人の——とくに沢井たちの信用を得られないと悟ったからこそ、夜まで身を隠していた。

「それはいいんだが、外から鍵のかかる部屋なんてあるかね？」と、木村は首をかしげた。

沢井も頭をひねる。

「そういえば、どうなんですかね」

わたしたちの部屋はいわゆるサムターン式。つまみをまわして鍵をかける。だから、なかから施錠はできるけど、外からはできない。

「調べてみましょう」

沢井は何人かの男をつれて歩いていった。

わたしたちはそれを見送った。昨日から立て続けにあれこれあって疲れてしまった。食欲はないながらに夕食をとる。

すると、まもなく、さわぎ声が聞こえてきた。一階の奥のほうだ。

「ねえ、なんかあったんじゃないの？」と、里帆子が言うので、神崎が立ちあがる。

声のするほうへ急ぐ彼を見て、思わず、あとを追っていた。香澄や優花もついてくる。

さわいでるのは、どうやら青居だ。一室の扉を沢井がたたいていた。

「おい。青居さん。出てこいよ。あんた、夕方になったらもう一回、おれたちに調べさせるって言ったろ？　だから信用したんだぞ。出てこれないのは、やっぱり、あんたがグールだからか？」

「違う！　そうじゃない。けど、あんたたちはどうせ、誰でもいいから犠牲にしたいんだろ。出てったら、難癖つけて、おれを化け物にしてしまうんだ！」

「ちゃんと調べる。問題なければ、あんたは容疑から外れるんだ。出てこいよ。こんなことしてたら、自分で自分の首しめるだけだぞ」

「嘘だー！　おれは殺されるんだ。絶対、殺されるんだー！」

すごく小心者っぽかったし、もともとネガティブ思考におちいりやすいのかもしれない。青居はパニックを起こして、まったく話にならない状態だ。

チッと沢井が舌打ちをついた。そのまま、もとのホールへ帰っていく。

なんとなくイヤな予感がした。追いかけていくと、案の定だ。

「木村さん。やっぱり、青居は怪しい。今夜の裁判は、あいつをさしだそう」

木村はあっけなく承諾した。

「よし。そうしよう」


違う。青居さんじゃない。あの人は怖がりなだけ。でも、それがわかってるのは、わたしだけだ。

どうしよう。今、打ちあけないと、青居さんが殺されてしまう。

早くうちに帰りたいと言ってた。上の娘がわたしと同年代だって。わたしがその娘に似てたのかも。家族を大切にする、ごくふつうのおじさんだ。

「あ、あの……」

勇気をふりしぼって声を出す。でも、その瞬間に、沢井や木村、四人組みのあとの二人も、いっせいにギロリとにらんでくる。背の高い彼らにかこまれると、わたしは自分がウサギ小屋のなかから、いじめっ子にムリヤリひっぱりだされた小動物みたいな気がしてくる。何も言えない。

すると、まるで待ちかまえていたように、アナウンスが入った。

「今夜の裁判を始めます。誰を処分するか決まりましたか？」

昨日の沢井はその場にいる人たちの意見を聞いた。

ところが、今日はそれさえしない。

「青居和久だ」

木村の了承はとってあるから、遠慮なく宣言する。

違う。青居さんじゃない。

でも、わたしの体はふるえ、どうしても、そのひとことが出てこない。

「決定は多数決でなければなりません。みなさん、それでよろしいですか？」

アナウンスの女声が告げるまで、ウッカリ多数決というルールさえ忘れていた。せめて、ほかの人たちが賛同しなければ……。


まわりの人たちはそれぞれの顔色をながめるばかりだ。

この決定で人が一人死ぬ。グールかもしれないし、そうじゃないかもしれない。自分が他人の生死の責任を負わされる事実に、まだ抵抗を感じてる。

「挙手をお願いします」

強い口調で求められ、島縄手がまっさきに手をあげた。自分が助かれば、他人の命なんてどうでもいいんだろう。

金髪美少女のアリスが手をあげた。とたんに、とりまきの男たちがワラワラと挙手する。

それを見て、その場にいるほとんど全員が手をあげた。

わたしも島縄手や沢井ににらまれる。

「あんたはどうなんだ？　結城さんだっけ？　自分はアリバイがあるからって、安心しきってちゃマズイんじゃないの？」

沢井の言葉は、次はおまえでもいいんだぜと言ってるに等しい。

でも、イヤだ。自分の手で青居さんを殺すなんて。わたしを見て、自分の娘を思いだしたあの人を。記憶がないせいか、なんだかまるで、ほんとにわたしのお父さんみたいな心地さえして、胸が苦しい。

「えっ？　どう？　おれたちの味方についといたほうがよくない？」

「……」

わたしの両側に優花と香澄がひっついてくる。

「結城さん」

「ヤバイですよ。お姉さん。ここは手をあげときましょう。だって、もう、決着はついてる」

香澄の言うとおりだった。そこにいる、わたし以外の全員が手をあげていた。多数決はとっくにとれているのだ。ただ、沢井が自分の意思を押しとおしたいだけ。一人でも反抗する者をゆるさない。そんな敵意がこもってる。

するっと涙が頰をこぼれおちるのを感じた。生ぬるい。気持ち悪い。泣きながら、わたしは手をあげていた。

「では、今夜の処分者は青居和久に決定します」

おどろいたことに、天井からシネマスクリーンがおりてきた。映画のように、どこかの室内が映しだされる。青居があわてふためいて部屋のすみでうずくまってる。そのおびえたようすに良心が痛んだ。

ごめんなさい。青居さん。ほんとに、ごめんなさい。

むこうからはこっちが見えてないんだろうけど、何かにすがるようにキョロキョロしてる。もしかしたら、誰かが自分を助けてくれるんじゃないかと期待してたかもしれない。それが、わたしだったんじゃないか。わたしだけは裏切らないと信じてたんじゃないか。そう思うと、見てられない。


「これ、室内にカメラがあるんですよね。お姉さん」

香澄に言われて気づいた。たぶん、この建物のなかには、いたるところに監視用のカメラが仕掛けられてる。どこかから見られてる気はしてたけど、その気配だったのだ。


すぐに、スクリーンに映る青居のようすがおかしくなった。

おそらく、このアナウンスは青居の耳にも届いたんだろう。目をみひらき、何か叫ぶようすでうろたえていたが、急に喉元を両手で押さえ、ケイレンし始めた。部屋のなかが妙に白っぽいかすみがかかってる。

「毒ガスだ……」

ぽつりと、神崎がつぶやく。

やがて、青居は泡をふいて倒れた。大きくのたうっていた体が不自然にピンと硬直する。

「死んだ……のか？」

沢井がかたい表情でつぶやく。


とつぜん走りだしたのは、神崎だ。さっき、青居がたてこもってた部屋へ向かっていく。

わたしも追いかけた。

ちょうど部屋の前にロボットが集まってくるところだった。部屋の鍵をあけて、なかへ押しいる。白い煙がほんのりと扉からもれる。

「さがって」

神崎は片手で自分の口をふさぎながら、もう片方の手でわたしの肩を押して離れさせる。さっきの映像が作りものじゃないなら、あの白い煙は毒ガスだ。

「青居さん、ほんとに死んだんですか？」

話しかけると、神崎はわたしの名札をしげしげと見つめた。ハンサムな顔はポーカーフェイスで感情が読めない。

こんなときなのにドキドキする。青居さんのツライ死を見たばかりなのに、わたしってなんて薄情なの？　でも、気になる。彼はわたしをどう思ってるんだろう？

しばらくして、部屋のなかからロボットが出てきた。ピンと棒のように伸びきった青居の死体をかかえて出てくる。ストレッチャーに載せて、どこかへ運んでいく。わたしは心のなかで手をあわせた。

「あいつら、どこから来て、どこへ行くんだろう？」

神崎はそう言うと、ロボットを追いかけてく。

「あの……」

「来るんなら急いで」

「は、はい」

口を押さえて部屋の前をかけぬけ、ロボットを追う。ロボットは二体。ストレッチャーの前後についてる。楕円形の頭に寸胴のボディ。腕は人間みたいな関節があって屈折する。が、足は短く、キャタピラがついていた。あれじゃ階段をのぼりおりできない。

ついていくと、建物の最奥あたりまで来たようだ。そこにエレベーターがある。ロボットたちはエレベーターのドアのなかへ入っていった。スッとわたしたちの鼻さきでドアが閉まる。

神崎がとびつき、昇降ボタンを押した。でも、ドアはひらかないし、反応もない。こっちからの操作は遮断されてるのかもしれない。

建物の階層などを示す表示板はなく、エレベーターがどこへむかっていったのかはわからない。だけど、チーンとどこかで音がした。目的階に到着したのだろう。

「死体置き場がどこかにあるんだな」

「そう……みたいですね」

気づけば、うしろに沢井が立っていた。

「どうなった？」と聞いてくるので、神崎が肩をすくめる。

「死体が運ばれていった。まちがいなく、処刑された」

「そうか……」

沢井の手がふるえてる。強がっていても、自分の意思で人を処刑したのだ。やっぱり、それなりの打撃を受けてる。

わたしだって、自分が青居さん殺しに加担したんだと思うと気分が重い。この罪の意識は一生消えない。

こんなことが、あと何回続くんだろう。せめて、青居さんが確実にグールであってほしいと願った。それなら、少しだけ気持ちがかるくなる……。

第二章　生贄をささげる日々

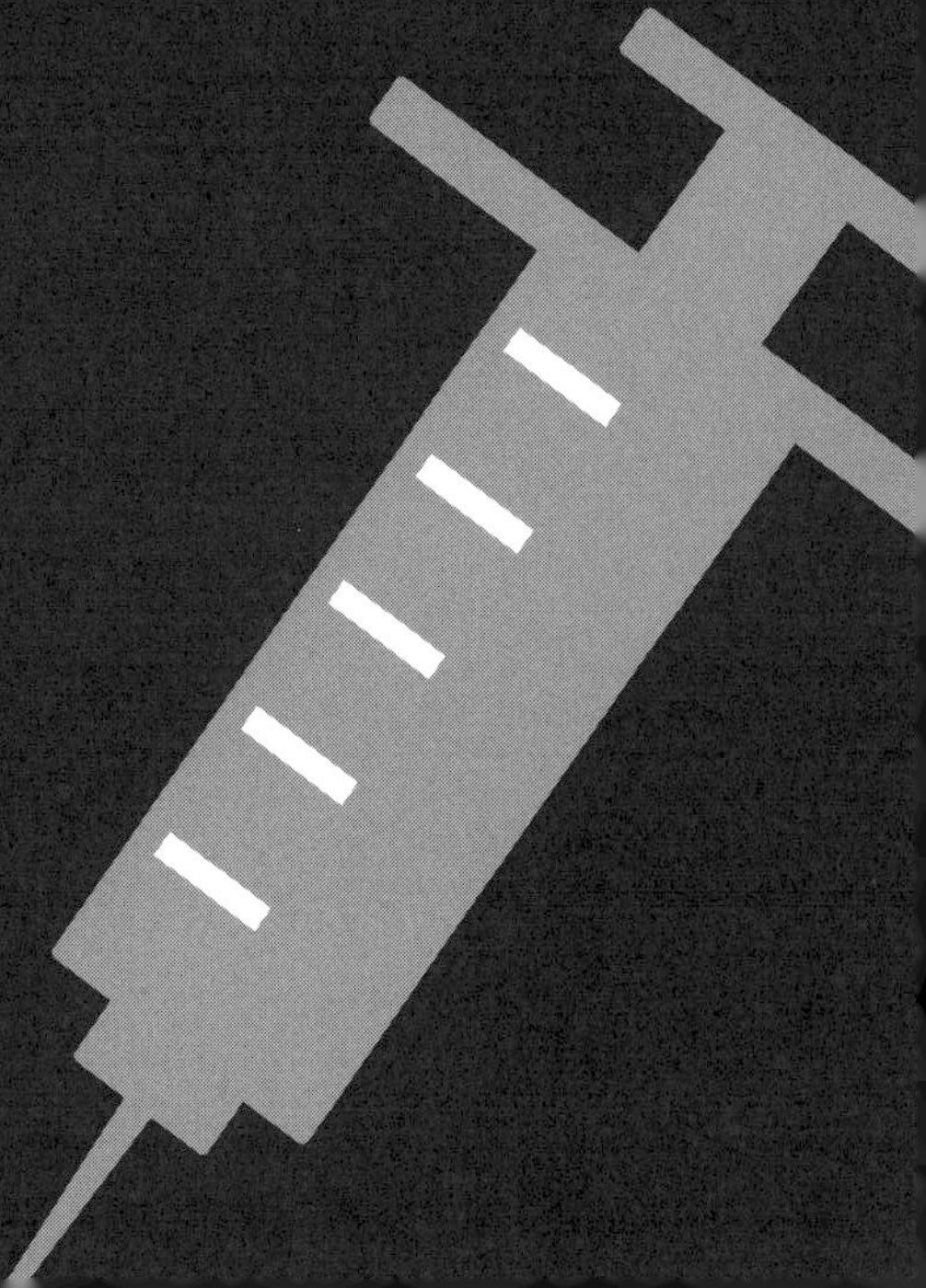

監禁解放

重い空気のまま、夕食は終わった。

沢井をスゴイなと感心したのは、そのあとも平静をよそおって、昨夜のアリバイのない人たちを閉じこめる算段を始めたことだ。

結論から言えば、この建物のなかには外から鍵をかけられる部屋がない。

厳密には、鍵のかかる部屋のサムターン錠はシリンダー錠とセット。一般の玄関と同じだ。外からは鍵を使って開閉し、なかからはツマミをまわす。でも、そのシリンダー錠を解錠する鍵がない。

そう言えば、さっき青居の部屋に入るとき、ロボットは鍵を使ってた。


「木村さん。彼ら、どうします?」

「なかからドアをあけられなくすればいいんだがな」

二人の会話に「あの」と口をはさんだのは、香澄だ。

「ロープみたいなものがあれば、となりあった部屋のドアノブをキチキチの長さで縛ったらいいんじゃないですか?　日本のドアは内開きだから、ロープを切らないかぎり、ドアを開閉できなくなります」

頭のなかで想像してみる。その方法で固定したドアを内側にひらくためには、ロープの長さにゆとりがないといけない。外開きなら内側からあけるのはかんたん。ロープがたわむ。でも、その逆はムリ。

「なるほどね。それでいこう。どっかにロープあったかな」

今度は津原が口を出した。

「ここ、コンビニがありますよ。と言っても、前はコンビニだった場所って意味だけど。商品がそのままだから、探せばロープはあるんじゃないかな」

「えっ？　コンビニ？　行きたい」

最初に言いだしたのは里帆子だけど、アリスや香澄もすぐに主張する。

「わたしも行く」

「わたしも！」

それで、みんなでゾロゾロと歩いていった。

一階の廊下の角をまがった奥にコンビニだったものがあった。商品がまだ展示してある。ただし、食料品はいっさいない。あるのは下着やティッシュ、歯磨きセットなどの日用品だ。

「パンツがある！　新しいパンツ！」

「香澄ちゃん。洗濯洗剤あるよ。シャンプーも」

「やったー！」

香澄の年相応のところを初めて見た。ブラシや鏡や、とにかく、あれもこれもと、みんな手あたりしだいにとっていく。あわてて、沢井がとどめた。

「みんな、落ちついて。平等になるよう、各グループに人数ぶん支給しよう。下着はみんな必要だ」

島縄手はブツブツ言ってたものの、さほどオシャレに興味なさそうだから、暴力をふるうそぶりはなかった。

新しい下着を二枚ずつ、シャンプーやボディーソープは各グループに一つずつ。そんなふうに品物をくばられた。化粧水や乳液が何よりありがたい。

そのとき、わたしは一瞬、頭の奥に痛みを感じた。病院のコンビニ。なんとなくこんなシチュエーションにおぼえがある気がした。

優花が心配そうな顔でながめてる。

「結城さん。どうかしたの？」

「あっ、ごめんなさい。なんでもない……」

「それならいいけど。早くシャワー浴びてしまおう」

「そうだね。香澄ちゃんも、もう行こう？」

「はーい」

夜はグールの時間だ。人間はなるべく早く安全な場所に閉じこもらないといけない。もっとも、青居がグールだったなら、もう何も案じなくていいんだけど。

期待しながらベッドに入った。

昨夜あまり寝られなかったせいか、その夜は布団に入るとすぐに眠りに落ちた。

廊下を這うような音をかすかに聞いた気がする。

でも、大丈夫。この部屋には鍵がかかってる。グールは入ってこれない。

そう思うのに、ドアの下のすきまから、何かの目がのぞいてた。猫のように暗闇で光る。

ゾッとして見つめていると、それはニヤリと笑って、長い指をすきまから伸ばしてきた。長い、長い、たくさん関節のあるおかしな指が、カチャカチャとサムターンをひっかく。

すると、つまみがまわった。ドアがゆっくりとひらく。

やめて。来ないで。こっちに来ないで。

願うのに、それは光る目でじっと凝視しながら近づいてくる。やけに低い位置に目があるのは、ソレが四つ足で歩いているからだ。

逃げようとするんだけど、体が動かない。

黒い影がやがてベッドの下まで来た。長い蜘蛛《くも》の足みたいな指がベッドの上に這いあがってくる。

やめて。あっちへ行って。お願い。お願い。


でも、なんだろう？

その双眸はどこかで見たことがある。知ってる人だ。そんな確信があった。


誰なの？　あなた。あなたがグールね？


一瞬、視界が明るくなった。

とつぜん、その人の顔が見えた。

その瞬間、わたしは恐怖のあまり意識を失った。


気がつくと、朝だ。

昨夜のあれはなんだったんだろう。室内には何も異常はない。ドアもきちんと閉められたまま。歩いていって確認しても鍵が閉まっていた。

どうやら、夢を見ただけらしい。怖いと思うから、あんな夢を見てしまうんだ。

でも、大丈夫。きっと、グールは青居だ。だから今朝は悲鳴を聞かなかったんだ。

そう考え、いくらか気分がかるくなった。

青居には申しわけなかったけど、グールを処分できれば、自宅へ帰れる。まだ自分の記憶が戻ってないけど、きっと時間がたてば思いだすはず。そしたら、何もかも、いいほうへ進む。


そのとき、部屋の外で叫び声が響いた。

わたしはめまいを感じた。

まだだ。まだ、終わってない……。


ふらつきながらベッドをおりた。恐ろしいが、たしかめなければ。外で何が起こってるのか。

そろっと歩きだすと、香澄がついてくる。

優花は不安そうな顔でこっちをながめたまま動こうとしなかった。

「優花は待ってて。わたしたち、見てくるから」

優花は力なくうなずいた。なんだか、もう限界みたいだ。

しかたないので、香澄と二人で廊下へ出る。今日は上の階のどこかで声が聞こえる。

「上みたいだね。詩織さん」

「うん。行ってみよう」

そもそもこの建物が何階まであるのか知らないけど、少なくとも、わたしたちの寝室に使ってるのが二階で、その上にも階段が続いてることはわかっていた。

階段は昨日、戸田が殺されていた場所だ。でも、今朝見ると、そこにはもう血痕も残ってない。ロボットたちがキレイに清掃していったらしい。むしろ、廃墟の汚れがとれて、そこだけやけに白い。


三階につくと、人の話し声が大きくなった。

「詩織さん。あそこに人が」

沢井たち数人が集まってる。

「何があったんですか？」

背中に声をかけると、沢井は青ざめた顔でふりかえった。津原や里帆子、河合がいるものの、神崎の姿は見えない。まだ監禁が解かれてないのだ。

沢井が示す室内をのぞいた。窓辺に人型の黒いシルエットが張りついてる。ちょうど逆光になって顔が見えない。身長や輪郭から言って女みたいだ。

部屋に近づいただけで感じたが、室内はものすごい血の匂いだ。薄暗いものの、窓の人影の下に黒い血だまりができているのは、ひとめで見てとれた。

また、人が殺された。

やっぱり、青居はグールじゃなかったのだ。

罪のない人をみんなで殺した。裁判にかけて。なかでも、わたしが一番、罪が重い。あのとき、わたしが勇気を出してれば、何か変わったかもしれないのに。

でも、それ以上に怖かった。グールがまだいる。人の顔をした化け物が、わたしたちのなかにいる……。


わたしは力がぬけて、その場にすわりこんでしまった。

二重の意味で衝撃を負って、すぐには立ちなおれない。

だけど、香澄は気丈にふるまっていた。

「死んでるのは誰ですか？」

「わからない。知らない顔だ。たぶん、初日に一人になって、そのあとずっと単独行動してた人だろう。名札もつけてない」

「そうですか」

香澄と沢井の会話を聞いて、少しだけ気力を持ちなおした。

知ってる誰かが亡くなったと思うと、よりツライけど、知らない人ならちょっとだけ気がラクになる。人間なんて利己的なものだと、つくづく思う。

「それよりさ。青居がグールじゃなかったんなら、まだいるんだよ。ねえ、下の部屋に閉じこめてたやつら、ちゃんと捕まってる？」と噛みつくような口調で言いだしたのは、里帆子だ。

沢井もそれに思いいたった。

「調べてみよう」

二人は階下へむかっていく。

昨夜、香澄が言った方法で室内に閉じこめられた人たちだ。今もまだ外から縛った荷造り用のビニール紐がそのまま残ってたら、彼らはグールじゃない。

みんなが歩いてくので、わたしも立ちあがった。香澄が手をとってひっぱってくれる。この子がいてくれて、ほんとによかった。一人だったら、もう泣きだしてた。

わたしたちが立ち去るのと入れ違いで、ロボットが死体を回収に来た。これで明日にはあの部屋も真っ白になるんだ。

一階へついた。昨夜の容疑者の一団は一階の空き部屋に監禁されてる。二つとなりあった部屋のドアノブをピンと張りつめるまでキツくして、ビニール紐でむすんである。

紐の強度から言えば、それほど強くはない。でも、それが切断されていれば、なかにいる人たちは今夜もアリバイがなくなる。グールの嫌疑が解けず、処分を決定されてしまうかもしれないわけだ。自分から紐を切って外に出ようとする人はいないはず。

途中で木村や沢井の仲間も合流した。十人ほどで、監禁部屋の外に立つ。一方には昨日の昼間に捕まった六人、もう一方には自分からアリバイ作りを言いだした神崎と島縄手が入ってる。

外から確認したとき、ちゃんとビニール紐はむすばれたままだった。むすびめもしっかりして、その状態じゃドアがあかないことをたしかめてから、沢井がハサミで紐を切る。

沢井と清水、木村と橋田。二手にわかれ、二室を同時に調べる。六人部屋はちゃんと全員そろってる。ほとんどは不安そうな顔をしているが、なかには平気で熟睡してるおじさんもいる。その強メンタルぶりに感心した。

　そっちのようすをチラッと見たあと、わたしはすぐにもう一室に走った。そっちは若い神崎と島縄手だから、体力のある沢井のほか、津原たちもついて入った。

　廊下からそのようすをながめる。神崎も島縄手もベッドにいた。というより、ベッド以外にはいられない。昨夜、監禁されるところを見てなかったけど、なんと、二人は部屋を封鎖されただけじゃなく、両手両足をビニール紐でベッドに固定されてる。これじゃ起きあがることさえできない。

「おーい」と、島縄手が大声を出した。

「早く。紐といてくれ！　便所行きてぇよ。早く、早く！」

　まあ、人相は悪いけど、これでグールでないとわかった。沢井が嘆息して、紐をハサミで切る。島縄手はわたしや香澄をつきとばして走っていった。

　神崎も解放される。

　神崎は縛られたあとをさすって起きあがりながら、沢井を見た。

「それで、どうだった？」

「……」

「やっぱり、昨夜も出たんだな？」

　沢井は力なくうなずく。

　これでグール探しはふりだしに戻ってしまった。

ゲームに勝てば

誰もが一瞬、憂鬱《ゆううつ》になった。暗い沈黙がその場を支配する。

そのなかで急に明るい声を出したのは香澄だ。

「ちょっと待って。でも、これって、かなり前進しましたよ。だって、昨日の段階でアリバイがあったのが十七人。今朝、アリバイができたのが、となりの部屋の六人とこっちの二人でしょ？　それで、グールに食べられた人が二人、処刑されたのが一人。全部で二十八人じゃないですか。ていうことは、名前も顔も知られずに逃げまわってる単独行動の人は、あと二人しかいないんです！　つまり、そのどっちかは必ずグールなんですよ」

香澄に言われて、沢井もハッとした。

「あと二人のうちの一方。その二人を昼間のうちに捕まえられれば、今日じゅうにゲームを終わらせられる」

とたんに、みんなわきたった。

処刑にする人は運がよければ、あと一回ですむ。しかも、それは二分の一の確率で、すでに人を食う化け物だ。そう思うと心がかるくなる。昨日みたいなイヤな思い、誰だって何度もしたくない。

「探しましょう」と、津原も言う。

里帆子は女だけど、性格が攻撃的だ。彼女もノリノリで沢井についていった。

「詩織さん。わたしたちはとりあえず、朝食にしませんか？　お兄さんも来る？」

香澄が神崎を誘うので、わたしはあわてふためいた。

神崎はあっけなく「ああ、いいよ」と了承する。たしかに群れてたほうが安全だから、そのせいなんだろう。他意はないに決まってる。でも、ムダにドキドキしてしまうんだけど？

近くで見ると、神崎はほんとにキレイな顔立ちをしてる。切長だがくっきりした二重で、まつげが長い。身長もけっこう高い。

神崎を見あげて、ぼんやりしてたらしい。

香澄が優花を呼びながら三人の寝室にとびこんだ音で我に返った。

「優花さん。朝ご飯食べましょ」

ところが、ドアをあけた香澄はうろたえる。

「詩織さん。優花さんがいない！」

「えっ？」

あわてて部屋をのぞくと、香澄の言うとおりだ。優花がいない。

いったい、どこへ行ってしまったの？

まだ朝だ。まさかグールが人を食べるとは思えないけど……。

「優花！　優花、どこなの？」

「優花さん！」

二人して名前を呼ぶものの返事はない。

「詩織さん。もしかして、わたしたちが遅いから追いかけていったんじゃないですか？」

「だとしたら、三階かな」

「行ってみましょう」

三階にはいなかった。ロボットが遺体を運びおえて、あの部屋はすっかりキレイになってる。

「優花。一人にするんじゃなかった。怖がりだから、死体を見るとおびえると思ったけど……」

「トイレかもしれないですよ。それとも、ホールかな？　わたしたちがそこに行ってると思って」

「香澄ちゃん。スマホ持ってたよね？　優花と連絡つかない？」

「ここ、スマホは電波圏外ですよ。オフラインでできることしか。写真は撮れるけど」

「そうなんだ」

しょうがないので、優花の行きそうな場所に一つずつまわる。神崎もついてくるのは、いちおうグールが現れたときの用心だろうか。

あちこち探しまわって、ようやく見つけたのは、一階のシャワールームだ。

「優花、いる？」

「優花さん。いますか？」

個室が一つ使用中になってたので、二人でガラスドアをたたく。すると、裸の優花が顔を出した。

「どうしたの？　二人とも、あわてて」

「ヤダ。もう、心配したよ？　優花に何かあったんじゃないかと思って」

「なんにもないよ。昼間だもん。寝てるときに汗かいちゃったから」

「なんだ。よかった。じゃあ、わたしたち、エントランスホールに行ってご飯食べてるよ？」

「うん。すぐに行く」

シャワールームの外で待っていた神崎が、いつものクールな表情でたずねてきた。

「いた？」

「いました。昼間だから安心して一人で来ちゃったみたいです」

なにげない会話だけど、神崎と話せるだけで嬉しい。ハッキリと惹かれてるなと自分でもわかった。

でも、神崎のほうはちっとも甘い気持ちではないらしい。

「昼だから安全とはかぎらない。グールはアンプル打たれてから、二晩と数時間経過してる。死体を食べて進行を遅らせてるとしても、まったく兆候がないとは思えないんだ。捕まって調べられたら終わりだと自覚してるはず。だったら、誰かに出会ったとき、危害をくわえてこないとはかぎらない」

そう言われれば、そのとおりだ。しかも、相手が男か女かさえ、こっちは知らない。

「やっぱり、一人で行動するのはやめたほうがいいですね」

「ああ」

廊下で話してるうちに、優花がタオルで髪をふきながらやってきた。着替えを入れたビニールのバッグを持ってる。勝手にコンビニからとってきたようだ。ただの怖がりかと思ってたら、意外と行動力がある。それほど安心しきってるということか。


「優花。あのね――」

さっき神崎に言われた内容を説明しようとしたときだ。どこかで大きな声が響いた。

「そっちだ！　そっちへ行ったぞ！」

「逃がすな！」

「追いかけろ！」

沢井たちの声だ。男が数人、階上で叫んでる。

さわがしい複数の足音。

すると、目の前の階段から誰かがおりてきた。

「そいつを捕まえてくれ！　グールだ！」

沢井の声を聞いて、わたしは立ちすくんだ。


現れた人を見て、わたしはがくぜんとした。あまりにも予想に反してたから。てっきりグールは大柄で、見るからに恐ろしい凶悪な男だと思ってたのに。

階段からころげおちそうに現れたのは小柄な女。二十代後半くらいか。ストレートの茶髪で、身長はたぶん百五十センチ前後。

「そいつグールだ！　捕まえろ！」

沢井に言われて、神崎が走った。グ、い、いールはひょうしぬけなほどあっけなく捕まった。

「違う。わたし、グールじゃないよ！　怖いから隠れてただけ」

女はそう主張する。まだ名札をつけてた。三条綺夢《さんじょうきゆ》。それが彼女の名前。

綺夢は小柄で非力だ。神崎が片手で肩をつかんで押さえてる。それだけで抵抗できない。

ほんとにこんな女性がグール？

考えこんでると、バタバタと階段をおりてくる音がして、沢井や橋田、津原がやってくる。

「サンキュー。助かった。こいつ、屋上の物置に隠れてた。こいつがグールだ」

息を切らしながら、沢井が綺夢を指さした。

神崎は綺夢を離し、肩をすくめた。

「どこに証拠があるんだ？」

「手——手に印が」

「印？」

グールに現れるっていう兆候か。

神崎が綺夢をふりかえる。

「手、見せてください」

綺夢は首をふった。

「違うの。わたし、アレルギー体質だから。金属……注射針のせいだと思う。ほんとだよ。グールとかじゃないし」

綺夢は両側から男たちに押さえつけられて、袖をめくりあげられた。注射された左の上腕。針あとのまわりが真っ赤になって、ただれてる。腕全体が腫れあがってた。

わたしは香澄や優花と顔を見あわせた。綺夢がグールかと言われればイメージと違う。かと言ってグールじゃないとも言いきれない。

「これって、印?」

「どうだろう。わかんない」

優花とボソボソ話してると、香澄が冷静な口調で告げた。この子はほんと、しっかりしてるな。

「初瀬さんに聞いてみたらどうですか? あの人、看護師なんでしょ?」

沢井がアゴをしゃくって、津原に走っていかせる。津原はすっかりいいように使われてるみたいだ。しばらくして、里帆子がやってきた。

「ちょっと、やめてよ。グールなんて、わたし見たってわかんないわよ」

「そう言わないで、お願いしますよ。ほら、この人なんですけど。これ、ほんとにアレルギーですか?」

「ええ？　どうだろ？　アレルギーにしちゃ症状がひどすぎない？　これだけの外的症状がたった二、三日で出るなら、アナフィラキシー起こしてても不思議はないんだけどな。一ヶ月以上、アレルゲンと接してたら、こんなこともあるけどね」

里帆子と津原の話を、まわりのみんなが聞きいってる。しかし、結論は出ない。

「とりあえず、今夜、監禁しとけば？　それでグールかどうかはわかる」と、神崎が提案する。

沢井は考えこんだ。

「アリバイのないやつはもう一人いる。そいつを徹底的に探そう」

綺夢はビニール紐で空室のベッドに固定され、扉は例の方法で動かないよう封鎖された。

沢井たちはすぐに残る一人をあぶりだすために走っていった。神崎もついていく。


「あーあ。男たち、朝飯も食わずに大変ね。食べよ。食べよ。ほら、あんたたちも。河合さーん。朝食だよー」

里帆子にうながされてホールにむかった。厳しそうな性格なので、ちょっと怖かったけど、こういうときは強引なくらいが助かる。

「あの、さっきの女の人も、ご飯、食べたいんじゃない？　持っていってあげたほうがよくないかな？」

エントランスで昨日と同じメニューを食べていると、めずらしく優花が意見を言った。

「昨日までどうしてたのかな。二日も食べてないんならお腹へってるよね。あとで持っていこう」

わたしは賛成したけど、香澄はいい顔をしない。慎重な子だから危険を回避したいのかな。でも、反対まではしない。

優しい優花と、しっかり者の香澄。ほんとに、いい人たちに出会えてよかった。この二人といっしょでなきゃ、とっくに心がどうにかなってた。


朝食はなごやかに進んだ。

今夜にはもうすべてが終わる。綺夢がグールにしろ、そうでないにしろ、グールの容疑者は二人しかいないんだから。

そのせいか会話がはずんだ。

「ねえ、詩織さん。優花さん。あとでコンビニ行きましょうよ。わたし、化粧品がないかなって。せめて色つきリップだけでもいいから」

なんて、香澄が女の子らしいことを言う。

「バッグ返してほしいですよねぇ。ポケットに入ってたものだけじゃ不便で」

「たしかに。せめて化粧ポーチだけでも」

なんて二人が話すから、わたしはおどろいた。

「あの、二人は自分の持ちものをおぼえてるの？」

香澄は当然という顔をしてる。

「えっ？　それはもちろん。詩織さんはおぼえてないんですか？」

「わたし、自分の記憶がないんだけど？」

「ええっ？　それって、どういう？」

「だって、優花だって、言ってたよね？　どうやってここにつれてこられたか、おぼえがないって」

優花は戸惑った。

「それは、ないけど。たぶん、なんかの薬品が使われたのかなって」

「だよね。だから、みんなそうなんだって思ってた……」

つかのま、香澄は考えこんでいた。が、思いきったようすで言う。

「薬はクロロホルムでしょうね。この場所がどこにあるのか記憶されないように使われたんだと思います。けど、わたし、自分で申しこみましたよ？」

なんだか思ってもみない答えだ。


わたしはたずねた。

「それはどういうこと？　教えて。香澄ちゃん」

香澄はいつもの少し冷めた態度で打ちあける。

「バイトです。高額バイトをネット検索したら、すごい額を見つけたんです。ちょっとヤバそうだなとは思ったけど、どうしても大学進学資金をかせぎたかったから」

「高額って、いくら？」

「二千万。それだけあれば、残りは奨学金でもなんとかなるなって」

「に、二千万？　とんでもない金額じゃない？」

記憶はないけど非常識なバイト料だという感覚はあった。日給で三万円も出れば、充分、割のいい仕事だ。闇バイトだって、こんなに報酬もらえないだろう。

「たぶん犯罪がらみのそうとうヤバイやつかなとは考えました。でも、うち、父親が借金作って自分だけ夜逃げしたんですよね。ママが一人で働いて、ここまで育ててくれたけど、ムリがたたって去年、亡くなって。借金の残りはママの生命保険でなんとかなったけど……自分でかせぐしかないんです。風俗に売られなかっただけ、まだマシかなって、わたしは前向きに考えてるんですけどね」

まだ十代なのに、信じられないくらい苦労してきてる。それでこんなに大人っぽい思考なんだ。子どもでいることをゆるされなかった。そういう生きかたを十代で余儀なくされた。

「ごめんね。言いたくなかったよね」

「かまいませんよ。ゲームに勝てば二千万手に入るんだから、わたしはがんばります。絶対、勝ち残ります。自分の人生は自分で切りひらくの」

強い子だ。

はたして、同じ境遇だったら、わたしにそこまでの覚悟が持てるだろうか。

でも、そうなると、わたしはなぜ、記憶がないのか疑問が残る。

チロリと優花を見ると、視線からわたしの気持ちを察したようだ。優花も自分から話しだす。

「わたしはよくわからないけど……たぶん、元彼にだまされたんだと思う。前にわたしのカードで勝手に借金してて。それで別れたんだけどね。ふだん使ってないカードがもう一枚あったんだよね。それをなくしたって、最近、気づいて。使用停止にしてもらったときには、だいぶ使いこんでたみたい。おぼえのない借金のとりたてがあって、怖くなってたところに、こんなことがあったから……」

香澄がものすごく感情のこもった声で言う。

「うわぁー。優花さんの元彼、最悪ですね。ゲスですよ、ゲス」

優花は情けない表情ではあったが、ちょっぴりムッとした。

「そうなんだけどね。でも、見ためはそんなふうに見えないんだよ。すごくいい人で、まじめで誠実に見えるの」

「わたしたち、似た者同士ですね。まあ、わたしの場合は親父だから選べなかったんだけど。ほんと、あのクソ親父、目の前にいたら殺してやるんだけどな」

さばさばした口調で冷淡な宣言をするところが、ほんとに今の子なんだなと思う。

それにしても、二人の共通点はお金だ。どうやらこのグールゲームは参加の謝礼として高額を支給されるらしい。だとしたら、わたし自身も大金が必要で参加したことになる。

ほかの人もみんな、そうなのかな？　でも、二千万で命を賭けるのは、ふつうの人なら躊躇《ちゅうちょ》する。大金だけど、若い人なら一生働いて、かせげなくはない額だし。集まるのって、そうとうにお金に困ってるか、無謀な人なんじゃ？

沢井は一見、好青年。木村はエリート管理職のサラリーマンに見える。バイト代につられて来るようには見えない。でも、人は見ためどおりではないと言うことか。香澄のように親の残した借金のためかもしれない。

とにかく、それぞれに事情がありそうだ。


そうこうしてるうちに、沢井たちがホールにやってきた。すごい勢いで朝食をむさぼる。時間が一分でも惜しいようすだ。

食事が終わると、沢井は木村と相談してから言いだした。

「みんな、協力してほしい。発見されてないグールの容疑者はあと一人だけだ。そいつをなんとかして今日じゅうに見つけたい。そしたら、今夜の裁判で二人のうちどっちかを処分する。もしも、それが外れても、もう一人を監禁しておけば、次の日の裁判では確実だ。最長で明日の夜には終わる。おれたちはみんな勝てるんだ」

綺夢か、まだ見つかってないもう一人。

そのどちらかがグール。

勝利は目前だ。

その場にいる全員の士気が目に見えてあがった。

昨日にわけたグループと、さらに今朝になってアリバイのできた六人のグループで、廃墟内を上から下まで捜索した。島縄手が姿を見せないから、神崎はわたしたちについてきたが。

夕方近くになって、やっと最後の一人が見つかった。でっぷり太った大柄な男だ。恐怖のためなのか、もともと性格やコミュニケーション能力に問題があるのか、暴れまわって話にならない。みんなに追いたてられて、階段から足をふみはずした。

「あッ――」

仰向けに落ち、後頭部をしたたかに打つ。男の体の下から鮮血がみるみるひろがった。

沢井がすくんでるので、里帆子が近づいていった。看護師だから、そのへんの度胸はあるらしい。

「死んでる」と、ひとことだけ告げる。

「しょうがないよ。暴れたのは、こいつ自身だから」と言ったのは、はたして誰だったのか。

「でも、コイツがグールだったら、裁判は死人でも選べるのかな?」

「そこは天井の人に聞かないと」

沢井と津原の会話にアナウンスが割って入る。

「夕食前でもけっこうですよ。今夜の裁定をおこないますか?」

全員一致で、階段から落ちた男を選ぶ。

綺夢は一室に閉じこめたままだし、これで明日の朝にはゲームは終わる。勝って、外へ出られるんだ……。

謎の三十一人め

その夜は三日ぶりによく寝られた。誰もが勝利を確信してた。そして、達成感。

こういうときにこそ一致団結することが、非常に大切なんだと、なにがしかの仲間意識みたいなものさえ芽生えてた。

少なくとも、わたしはそう感じた。

だが、それらは幻影にすぎなかったのだ。

翌朝。

みんなが待ちに待った朝。

今日には家に帰れる、解放されると信じてた朝。

その夜は悲鳴を聞かなかった。きっとグールが出なかったからだ。グールは昨夜の階段から落ちた男だったんだ。名前はなんと言ったか。名札をよく見てなかった。沢井たちは名前を呼んでいた。

でも、そんなのどうだっていい。だって、ゲームはもう終了する――

そう考えながら、扉の前に集まった。綺夢を閉じこめておいた部屋の前だ。

ところが、扉はやぶられてた。縛ってあった紐が切られ、封印が解けてる。

しかも、なかには死体があった。女だってことはわかった。顔を食いちらされて、激しく損傷してたので、被害者が誰なのかもわからない状態だった。

「クソッ。グールは三条綺夢のほうだったのか！」

沢井は壁を打って悔しがってる。その肩を木村がたたく。

「何、三条の名前はわかっている。今夜の裁判では彼女を選択すればいい。一日ゲームが長びくだけだ」

「そう……ですね」

でも、となると、どこかに殺された被害者がいるはずだ。

「グループのなかで一人いなくなっている班はないか？」

木村は問いかけたが、誰も答えない。

わたしも優花や香澄と目を見かわす。

「うちはみんないます」

「うちも」

「こっちもです」

そんな返答が続く。

なんとも奇妙な事態だ。確実に誰か一人、死亡してるのに、被害者が見あたらないのだ。グループのなかで誰かがいなくなれば、少なくとも同じグループの人間はわからないわけがない。

金髪美少女アリスが皮肉に笑った。

「誰も死んでないの？　じゃあ、この死体、どこから湧いてでたの？」

死体がとつぜん、どこかから出てくるなんてありえない。それも女だ。男の死体なら、もしかしたら、これまでに処刑された青居や戸田を、死体安置所からひっぱりだしてきたんだとも考えられるのだが。いや、そう言えば、名前はわからないものの昨日の被害者は女性だった。あるいは……。

「スタッフ……とか？」

わたしは遠慮がちに言ってみた。だけど、沢井が首をふる。

「おれたちは上から下まで、入れる場所には全部行ってみた。この建物は四階建て。屋上と地下がある。ただ、地下は一階までしか行けないし、エレベーターが使えない。スタッフルームがあるとしたら、おれたちの行けないエリアにあるんだ。最初の注射のとき以外、おれたちのエリアに入ってくるのはあのロボットだけだし、グールが誰だったとしても、スタッフは襲えない」

「そうですか」

でも、だとしたら、なおのこと、あの死体の女は誰だというのか？　やっぱり、昨日の朝の被害者なのか？

すると、香澄が考え考え、つぶやく。

「そもそも、最初の人数って何人だったんですか？」

沢井はうろたえた。

「えっ？　三十人だろ？　ずっとそうだと思ってたけど」

「なんの根拠で？」

「椅子を数えたんだよ。エントランスホールに置かれた名前の貼られた椅子。今はネームはがれてるのあるけどな。あれって人数ぶん用意されてたんだ」

「それ、数えたの、いつですか？」

「えーと、二日の朝かな。班わけしたときに」

アリバイのある人たちの名前をルーズリーフに書きだしたときだろう。

恥ずかしながら、わたしはいまだに椅子を数えたことがなかった。最初の夜にザッと見たとき、だいたいそのくらいの数だったから、てっきり三十ちょうどでキリのいい人数だと思いこんでた。

「でも、椅子は床に固定されてない。つまり、動かせますよね？」

香澄の言葉を聞いて、みんなが黙りこむ。

たしかにそのとおりだ。もしも、たとえば最初の夜に、こっそり部屋からぬけだして、誰かの椅子を運び、隠してしまえば、椅子の数は減らせる。増やすことはできないけど、減らすことはできるのだ。

「グールが……そうしたっていうのか？」

不安そうな沢井の声に、冷徹な香澄の声がかぶさる。

「グールにかぎりませんよ。たとえば、少量の食料を自前で持ってれば、あとは水道水を飲みながら、一週間ずっと部屋にこもって、自分だけ安全に勝ちのびようとする人がいたっておかしくないでしょ？」

そんなこと考えてもみなかった。でも、空腹に耐えられるなら、そのほうが確実で危険もない。

たとえば、最初の夜に夕食をもらってすぐに走っていった人がいた。あの人たちなら、貰った一食をいたみそうなものから少しずつ食べていれば、一週間くらいどうにかなりそうなものだ。

「つまり……？」

わたしは思わず年下の香澄をすがる思いでながめた。

「つまり、どういう……？」

香澄はあくまで冷静だ。

「つまり、ほんとに三十人なんですかって話です。もしかしたら、三十一人、ないし三十二人とか、それは想定できる範囲内じゃないですか？」

もしそうなら、計算が狂う。

今夜ではゲームは終わらない。


沢井がグルッとみんなを見まわす。

「初日の夜に全員の人数をちゃんと数えたやつ、いるか？」

誰も手をあげない。

あの夜は薬で眠らされ、この場所まで運んでこられた。そのあと注射を打たれ、意識がもうろうとしてた。人数を数えるほどの気力がなかった。

しばらくして、ためらいがちに言ったのは神崎だ。

「最初に目がさめたとき急いで数えたが、三十一だった気がする。ただ、あのときは薬のせいで半覚醒だった。自信はない。翌朝には三十になってたから、そっちのほうが正しいと思ってた」

「たしかに三十一だったか？」と、沢井が念を押す。が、神崎は、

「だから、断定はできない」

明言はしない。

それはしかたない。わたしだって、あのときはそれどころじゃなかった。

「三十一だったなら、数はあってる。隠れてる最後の一人が女だったんだ。それなら、今夜の裁判で三条を選べばいいんだから、明日には決着つくことは変わりない」

沢井はそう結論して、少し自信をとりもどした。

「ね？　そうですよね。木村さん」

でも、木村は納得してない顔つきだ。

「ほんとに三十一だったならな。だがもし、三十二人だったら？　三十三だったら？　その場合はかなり危険だ。昨日、一日かけて全館を調べたろ？　それでも見つからなかった。グールは我々の知らない隠れ場所を確保してることになる」

これはマズイ。

もし秘密の隠れ場所をグールが持ってるんだとしたら、このまま一週間逃げきられる可能性がある。

めずらしく津原が発言した。メガネを押しあげながら、

「きょ、今日も、あら探ししましょう！　そしたら、グールの秘密の寝場所、見つかるかもだし」

言いきった感じでドヤ顔するので、香澄が大笑いした。

「あら探しって、マウント陰険女子のやりくちですよ？」

「えっ？　なんか違った？」

「それ言うなら、しらみつぶしに探そうとか、そういうんじゃないですか？」

「ごめん。ごめん」

女子高生につっこまれて、津原はなんだか嬉しそうだ。

木村や沢井も気をとりなおす。

「まあ、それしかないな。もしも今日じゅうに誰も見つからなければ、三条を処分し、今夜は誰も一歩も部屋の外へ出ないようにする。外へ出たときの命の保証はない」

それ以外に方法はない。

昼のあいだに綺夢か別のグールが見つかれば、問題はないのだが。あるいは、総人数が神崎の言うとおり、三十一人だったなら……。

みんなで朝食を食べたあと、ほとんどの人は男も女も協力して、綺夢やほかにもいるかもしれ

ない誰かを探しまわった。

協力してないのは島縄手くらいだ。彼は一人でいても怖くないらしく、集団行動をさけてる。まあ、あれほど体格のいい男だから、島縄手の身には危険はないだろう。

武器と言えるものは物置にあった柄の長いモップや、コンビニに置かれていたハサミ、カッターなどの文房具、それに個室に残されてた花瓶など。

わたしたちも微力ながら手を貸した。だけど、やっぱり誰も隠れてるようすはない。

しだいに、わたしは違和感をおぼえた。いるかいないかわからない三十一人めはともかく、綺夢が見つからないのはおかしい。トイレの個室一つ一つ、シャワールームや物置、あらゆるところを調べまわったのに。少なくとも人間の入っていけるすきまには誰も隠れてるようすはなかった。

「沢井くん。空き部屋は例の紐でくくる方法で、開閉したらわかるように、全部あかないようにしてしまおう。そうすれば、グールが出入りしてるかどうかだけでもわかるだろう？」

木村が言いだして、誰も使ってない部屋はビニール紐で封鎖された。

コンビニに置かれたビニール紐は、パッケージに油性マジックで番号をふられ、個数を管理された。誰かがそこから持ちだせばわかるようにだ。こうしておけば、外にいる誰かがコンビニの紐を使って封鎖を解いたあと、再度つけなおしもできない。

これで、今夜の裁判は綺夢を生贄にさしだす。総人数が三十一人でさえあれば、夕食のときには今度こそ決着がつく。

ところがだ。

うな丼の夕食を出されたあと、いよいよ裁判になる。その席で奇妙なことが起こった。

「みなさん、本日の処分者は決定しましたか？」

いつものアナウンスに沢井が代表して答える。

「三条綺夢を処分する。これは我々の総意だ」

「みなさん、これでまちがいありませんね？」

みんな、うなずいた。

これでやっと終わる……三十一人なら、終わる。

期待に胸がドキドキする。

だけど、返ってきた答えは思いもよらないものだった。

「三条綺夢はすでに死亡していますが、かまいませんか？」

一瞬、何を言われているのかわからなかった。

わたしは思わず、いつも冷静な香澄を頼って彼女の顔を見つめた。しかし、香澄も首をふる。

「どういう……ことだ？」

沢井があわてふためいたようすで反問する。

「ですから、該当者はすでに死亡しています。処分の機会を一回、ムダにしますが、それでもよろしいですか？」

「死んでるって、なんだよ？　だって、三条綺夢は部屋から逃げだして——」

するとハッと息をのみ、神崎が口をひらいた。

「待てよ。もしかして、今朝の死体が三条だったんじゃないか？」

沢井が珍妙な表情で神崎をかえりみる。そのあと笑いだしさえした。

「何言ってんだよ。そんなわけないだろ？　だって、じゃあ、誰が三条を殺したんだ？」

さもバカバカしいというように沢井は笑い続けるけど、わたしは自分のだいてた違和感の正体に気づいた。

「……朝から、ずっと変な気がしてた。死体のあの女の人、どっかで見たなって。顔はなくなってたけど、そうだよ。着てた服はコンビニに置いてあったパジャマ。あれ、わたしたちが昨日の夕方、三条さんに届けたやつだ。同じ柄のはなかった」

つまり、加害者だと思われてた綺夢は被害者だった。綺夢の部屋の封印は外から解かれた。彼女はグールに襲われたんだ。


綺夢が殺されてた。

しかも被害者だった。

そうなると、これまで考えてたシナリオは完全に狂ってしまう。今夜の裁判で終わらせるっていうシナリオが。

「処分者は三条綺夢でかまいませんか？」

くりかえすアナウンスに、沢井が木村のもとへ走る。

「どうしますか？　木村さん」

「ちょっと待ってくれ。ほかに怪しいやつはいたかな？」

「だってもう、ほかは全員、アリバイがある」

「やっぱり三十一人だったのか？　だとすると、グールは顔も名前も知られずに逃げ続けてる人物だ」

木村は自分で結論し、おもてをあげた。

「ここにいる人たち以外に逃げまわってるやつがいるだろう？　そいつを処分してくれ」

が、これにもアナウンスは非情な返答をする。

「処分を確定するにはフルネームが必要です。そうでなければ人物を特定できませんから」

沢井が天井にこぶしをつきあげ、ぬしのいなくなった青居の椅子をけりたおした。

「なんだよ、それ！　クソッ！」

沢井の裏の顔が見えた気がした。彼は一見すると好青年だ。でも、ときどき強引だったり、暴走しそうな気配があった。やっぱり、そういう一面を持ってるんだと、あらためて感じさせる。

沢井は血走った目で周囲を見まわす。とにかく今夜の処分者を決めなければとあせってるんだろう。誰をそれにしようか、という目だ。

みんながジリジリとあとずさる。そのときだ。

「あの……うちのグループ、さっきからずっと、内宮《うちみや》さんがいないんですが」

それは三日めの朝にアリバイが確定したF班のリーダーだ。リーダーと言ってもおとなしくて従順そうだから、沢井が勝手に決めたにすぎない。四十すぎのショートカットの女性。名札は、江上奏子《えがみそうこ》。

「内宮さんって、どんな人だったっけ？」と、沢井がふりかえる。

「二十代の女の人です。美容師をしてるとかって話だったかな。その……今朝急に月のものが始まってしまって、だるいからって、一人さきに部屋に帰って休んでるんです。夕食には来るって言ってたけど、来ないんですよ」

F班は六人だ。ホールの椅子のならびは班ごとになってるわけではないから、個別でいられると、ほかの班の人間にはちょっとわからない。

「女が一人で危ないだろ」

「すいません。なかにいるときは鍵かけるって言ってたので」

来ると言ったのに来ないのは、単に体調が悪いせいか。それとも別の理由があるのか……？

「たしかめよう」

沢井が言って、一階にある六人部屋へ走る。ぞろぞろとほとんどの人がついていった。

「いったい、どうしちゃったんだろうね」と、優花がささやく。不安そうな顔だ。

「うん……」

わたしも不安だった。何か悪いことが起こってなければいいんだけど。

でも、その願いはむなしかった。六人部屋のドアを、沢井がノックしても返事がない。沢井はドアノブに手をかけた。すんなりとひらく。鍵がかかってない。

その段階でイヤな予感しかしなかったのだが、ひらかれた扉の内には惨状が待っていた。シーツが血みどろになり、女がベッドの上で食い殺されてる。両手両足を大の字にひろげ、どこか、あぜんとしたような顔のまま、女は胸部を食い裂かれていた。両の乳房がない。

キャーキャーと悲鳴があがり、優花や何人かの女は廊下にすわりこんだ。わたしも立ってられないほどのめまいをおぼえる。

「鍵をかけ忘れてたのか？　それにしても、グールは夜にしか人を襲わないんじゃないのか？これはルール違反だぞ！」

沢井が怒り狂って天井を見あげる。

「グールがいつタンパク質を補充するのかは、我々にも予測がつきません。本能的な行動ですから」

つまり、グールが夜に行動するというのは、こっちの思いこみだった。

だとしても、夜にしか襲われないと思ってたものが、昼間にも可能性があるとなれば、危険度はいっきに高まる。

「くっ……クソッ！　誰がグールなんだよ！　どいつがソレなんだ！」

沢井が怒鳴りだす。

まるで人格が変わったみたい。誰彼なく、胸ぐらをつかんでひっぱりまわそうとするので、神崎や橋田が両側からひきとめる。

「離せよ！　せっかくうまくいってたのに、なんでこうなるんだ！　クソーッ！」

暴れようが恐ろしかったのか、さっきの江上が恐る恐る口を出した。

「……そう言えば、夕食の前、湯浅さんが彼女のようすを見に行きました」

名指しされたのは、F班の男。いびきをかいて寝てたおじさんだ。薄くなりかけた頭をやたらとなでつけながら、湯浅は首をふった。

「ち、違う。おれはなんにもしてない。ドアの外からノックしただけ。そのときは鍵がかかってたんだ」

「それはおかしいんじゃない」と言ったのは、アリスだ。あいかわらず、男たちにかこまれてる。

「鍵がかかってたんなら、グールに襲われてないよ。知ってる人の声なら、あけたと思う。それも同じ班の人なら」

たしかに、この状態で一人で休養してる女性が、そうかんたんに鍵をあけるはずがない。それも、グールが三十一人めだと仮定したら、内宮にしてみれば、まったく知らない人物だ。聞きおぼえのない声で呼ばれても、絶対にあけない。可能性があるとしたら、同じ班の人間が「夕食だから迎えにきました」と言えば……。

沢井は断定した。

「あんたがグールだな？」

「違う！　違う！」

湯浅は否定するが、聞く耳持たない。

「木村さん。今夜の処分者はコイツでいいよな？」

「それしかないだろうな」

ヒイッと声をあげて、湯浅が走りだす。

その背中を見ながら、沢井がみんなに賛同を求めた。

「多数決だ。湯浅直樹《ゆあさなおき》を処分してもいいと思う者？」

おそらく、半数は手をあげたんだろう。わたしは目を閉じてたけど。

次の瞬間、悲鳴が響いた。ギャッという声が、だんだん高くなってく。

わたしは目をあけた。

天井からロープがたれさがり、湯浅の首にまきついてる。湯浅は足をバタつかせ、両手で縄をつかんで抵抗していた。

けど、その体がじょじょにひきあげられてく。同時に縄の輪がキュッとしまった。

ケイレンしていた足が、やがて、ダラリと弛緩《しかん》した。つるされた体がブラブラゆれる……。

五日めの朝

今日で五日めだ。

昨夜は湯浅を犠牲にした。彼がグールであってほしい。今朝の被害がなければ……。

そんな願いは露《つゆ》と消えた。

七時ごろだろうか。目がさめると、廊下でボソボソ話し声。ああ、まただとわたしは思う。

でも、まだ悪い知らせとはかぎらない。勇気をふるいおこして起きあがる。

「詩織さん。わたしも行きます」

「わたしも」

香澄と優花も起きだして、ついてくる。

今日は一階から声がする。

階段をおりていくと、すでに廊下で血の匂いを感じた。おかしい。今まで、これほど強い臭気を感じたことはなかったのに。

「……なんか、変じゃないですか？　すごい血の匂い」と言いつつ、香澄ですら怖いのか、わたしの服のすそをつかんでくる。

「そうだよね。ここまでヒドイのは、今まで——」

ホールに人影はない。そのさきの廊下であの話し声がする。近づくと、さらに匂いが濃くなった。吐きそう。

そのあまりの強さにたじろいだ。匂いの壁みたいなもので近づけない。これほどの臭気がするなら、そこに恐ろしい何かがあるとわかりきってる……。


部屋の前に沢井や神崎たち数人が立ってる。アリスはかなり離れたところに、とりまきたちといた。室内を見たくないんだろう。

「あの……何か？」

沢井は青ざめた顔で室内を示す。六人部屋だ。

昨日、内宮という人の遺体が運ばれたあと、ほかに鍵のかかる部屋がないので、班のメンバーはそのまま、そこを使ってた。

なかをのぞこうとすると、神崎が来て首をふった。

「見ないほうがいい」

「でも、何かあったんですよね？」

「あったよ。全員、殺されてる」

「全員？」

「内宮と湯浅をのぞく残る四人、みんなだ」

「えっ？」

四人が殺された。

それも、グールにだろうか？

「食べられてるんですか？」

「たぶん。鋭利な刃物で刺されてる。両手で首をしめられてる人もいる。肉がえぐられてるのは女の人だけだね」

女の肉のほうがやわらかくて美味しいから……なんだろう。人喰い熊も女ばかり襲うらしい。

「でも……」

反論したのは香澄だ。

「そんなのおかしいじゃないですか。昨日の夜、夕食の前にグールは内宮さんを食べましたよね？じゃあ、なんで一晩に何人も食べるの？　だって、あれって生存本能がタンパク質を求めるからだって言われましたよね？」

そう言われればそうだ。

これまでグールは少なくとも昼のあいだ理性を保ってきた。生きのびたいという本能的欲求以外では人を襲わなかった。

おかしくなったのは、昨日の夕方からだ。夜になる前に内宮を襲ったり、今朝には四人も……。

香澄が急に走りだした。六人部屋をのぞいたのだ。

「香澄ちゃん！」

わたしも追いかけた。

なかを見るつもりはなかったけど、視界に入った。ものすごい光景だ。床が一面、血にぬれ、壁まで、まだらに赤黒く染まってる。人体がバラバラにされて、あちこちにころがっていた。

さすがに我慢の限界。わたしは廊下のすみへ走っていき、吐いた。

「だから見ないほうがいいと言ったろ」

神崎が来て、わたしをホールまでひっぱる。

香澄も戻ってきて、となりに立った。幽鬼みたいに青い顔だ。

「……死んでましたね」

「ひどかった」

神崎が嘘をついてるとは思ってなかったものの、やっぱり、じっさいに自分の目で見るのと、言葉で聞くだけでは違う。

「グールの……仕業ですか？」

たずねると、神崎はうなずいた。

「それ以外、いないだろ。あんなことするやつ」

「でも、なんで急に……香澄ちゃんも言ってたけど、一晩に二回も人間を食べて……」

「理由はわからない」

食人は壊死の進行を遅らせるためだ。今朝であの薬剤を打たれてから三日半たった。それだけ壊死の進行が進んだせい？

でも、それなら全員を殺す必要はなかったはずだ。食べたいぶんだけ、殺せば。

なんだか、さっきのあの凄惨さは、殺すことそのものを楽しんでるようだった。これまでのグールにはなかった凶暴性だ。

「同じ人とは思えない……もしかして、壊死って脳にもおよぶのかな？　もしそうなら、性格が変わってもしかたない」

つぶやいたけど、誰も答えてくれなかった。

やがて、いつもみたいにロボットが来て、死体を回収し、室内の清掃を始める。わたしたちは遠くからそれをながめた。

沢井たちもホールへやってくる。だけど、おかしな空気だった。昨日までみんなの指揮をとってた沢井が、木村や橋田や清水という、初期の仲間内で頭をつきあわせて、何やら話しこんでる。

「マズイな」と、神崎が言った。

「あいつら、ついに仲間以外を見限ったよ。いつかそうなると思ってたんだ。やつらが率先して指揮してたのは、そのほうが自分たちの生存率があがるからだ。でも、こうなるともう、どこにグールがいるんだかわからないから」

リーダーがいなくなってしまった。

それどころか、もっと恐ろしい事実に気づいた。

今夜からの裁判だ。

総人数が三十一人だったなら、どこかにグールは隠れてるはずだ。でも、たしかにいるかどうか、定かでない。薬で混迷した神崎が数えまちがっただけかもしれないし。

沢井たちもそう考えたに違いない。今夜の処分を誰にしようかと。

存在があいまいな人物より、目の前にいるなかから、少しでもグールの可能性がある人を一人ずつ消してくしかない。そのとき、自分たちの仲間以外の誰を信じるか、いやむしろ、誰から生贄にしていくか、そこが問題なんだと。


ゲームの期限は七日間。

そして今日は五日めの朝。

一日めは気がついたとき、すでに夜だったが、そのあと三日が経過した。ゲームの半分がすぎたのだ。

残りは今日を入れても三日。いや、丸一週間なら、八日めの夜までが期限だ。残りは三日と半日。

今、生きてるのは、初日からアリバイのあったA～E班の全員。それに、神崎と島縄手。人数で言えば十九人。

裁判で多数決をとるには、十人以上を仲間につけておかないといけない。

沢井たちは仲間内で話しあったあと、C班のアリスに近づいていった。アリスにはとりまきが五人もいて、一グループ最多の六人だ。沢井たちのA班と結束されると、それだけで過半数の十人になってしまう。

それを見て、里帆子が沢井のもとへ走っていった。自分も彼らにつこうというのだ。

わたしは迷った。どうしたらいいんだろう。

もちろん、沢井にとりいって、自分たちも仲間だから、処分しないでくれと主張したほうがいい。じゃないと、彼らは誰を選ぶかわからない。

たとえアリバイがあっても、もはや関係ない。

裁判の機会は今夜を入れてもあと三回しかないのだ。そのあいだにグールを当てなければ、全員がペナルティとしてグールにされてしまう。それは生体実験されて死ぬという意味だ。

そうなりたくなければ、誰でもいいから処分は続けなければならない。

「ど、どうしよう。香澄ちゃん。わたしたち、少数派になってる」

「ですね。これはヤバイ」

わたしと香澄はあせってた。でも、優花にはまだ現状が理解できてないみたい。

「えっ？　えっ？　なんなの？」

わたしは小声で説明した。

「――というわけだから、過半数を味方につけとかないと、今夜から一人ずつ処分される危険性があるよ」

「えっ？　でも、わたしたちのなかにグールはいないよね？」

「そうだけど、沢井さんたちはもうグールの隠れ場所を探すの、あきらめたんだと思う」

とりあえず、最終日まで自分が処刑されないほうに舵を切ったのだ。

「わたしたちも仲間に入れてもらう？」と提案すると、香澄は考えこんだ。

「あの人たち、なんか信用できないいんですよね。仲間のふりしといて、いきなり裁判の場で首切りしてくる可能性もありますよ」

「うん……」

それは、わたしも感じないわけじゃなかった。沢井は二面性があるし、木村もひとくせありそうだ。最終的には自分たちさえ助かれば、ほかの人なんてどうでもいい、そういう思考回路をしてるに違いない。


そばで見てた神崎が、これも低い声で提案した。

「とりあえず、三十一人めがいるかどうかだけでも確認しよう。昨日、あらゆる部屋に封鎖の紐を結んだ。もしも乱れてる場所があれば、グールはそこから出入りしてることになる」

香澄も賛成した。

「それはたしかめとく価値ありですよ。お姉さんたち、行こ」

ドアの紐が結ばれてるかどうかを見てまわるだけだ。そのくらいなら、非力なわたしたちにもできる。

「やってみよう」

もしも、三十一人めを発見できれば、沢井たちの暴走を止められる。

でも、見つけられなければ、今夜の裁判で、わたしたちはそうとう不利になるだろう。そこは二者択一の賭けだ。

神崎は島縄手とグループのはずだけど、昨日からいっしょに行動してるとこを見てない。今朝も島縄手は一人行動だ。さっき、ホールへ来たときには朝食をむさぼってたから、生きてるのは確実だけど。

わたしは聞いてみた。

「神崎さんは、どうして島縄手さんと組んだんですか？」

神崎の答えは明快だ。

「アリバイを成立させるためだよ。彼が一番ヤッカイで、誰もがさけて通りそうだった。つまり、ほかに同室してくれる人がいないだろうから、交渉が容易だったんだ」

「それだけの関係なんだ」

「もちろん」

とは言え、ある意味、神崎と島縄手のアリバイはほかの人たちより強固だ。一晩、ベッドに縛られてたのは彼らだけ。

荷造り紐だから、男の力なら、どうにかして拘束を解けたかもしれない。でも、朝までにもう一度、自分の手を縛ることはできなかっただろう。少なくとも自分自身では。

もしそうするには、二人が共犯でなければならない。けど、この二人にはとくに親しそうなようすが見れない。あの夜だけのバディだったんだとわかる。

神崎が島縄手ととくに親しいわけではないと、あらためて聞けてホッとした。


神崎についてまわって、一階から順番に昨夜の封鎖がまだ残ってるかどうか調べていった。

一階、二階、三階。とくに問題ない。

四階に来るのは初めてだ。四階は部屋数も少なく、誰も寝室に使用してないせいか、人のざわめきが感じられなかった。しんと静まりかえってる。

「うわぁ。ホコリっぽいですね。下のほうがまだキレイ」

「たしかに、そうかも」

どの部屋もちゃんと紐が結ばれてる。隣室同士のドアノブで結ぶか、または近くの柱に固定してあった。端から端まで歩いたあと、まったく異常なしだとわかった。

「やっぱり三十一人めなんていなかったかな。あのときはクラクラしてたし、数えまちがったのか」と、申しわけなさそうに頭をさげる神崎は少し可愛い。

が、そのときだ。

香澄がわたしの服のすそをひっぱった。

「どうしたの？」

たずねると、シッと人差し指を唇にあてて沈黙をうながす。

わたしは香澄の視線のさきをたどった。

ガタガタと、ドアノブがゆれてる。

ドアノブが内部からまわされてる。誰かがなかにいる。だけど、外から紐で結ばれてるせいで、ドアをひらけないでいる。

嘘みたい。ほんとにいたんだ！　三十一人め！


神崎はわたしたちをさがらせると、ポケットからカッターナイフをとりだした。

なんと、香澄もハサミを持ってかまえる。いつのまに、そんなもの所持してたのか。ほんとに香澄は用意周到だ。

神崎がカッターナイフで紐を切ると、とたんに内側からドアがひらく。なかから若い男が顔を出した。外廊下に立つわたしたちを見て、おどろいて腰をぬかす。

すばやく、神崎がかけより、男を押し倒すと、喉元にカッターナイフをさしつけた。

「動くなよ。問いにだけ答えろ。おまえはグールか？」

「ち、違う……てか、頼むからさきにトイレ行かしてくれ」

男は泣いていた。名札はないので名前はわからない。初めて見る顔だ。ここ数日シャワーを浴びてないらしく、けっこう匂う。でも、それは男の体臭だ。血の匂いじゃなかった。

神崎はどういうわけか、男の上からどくと、カッターナイフをしまう。

「神崎さん。いいんですか？」

「こいつはたぶん、グールじゃない」

「どうして？」

「だって、外から封印されてた。こいつがグールで昨夜の四人を殺したなら、この部屋のドアは縛られてなかったはず。そしてドア以外から出入りできるなら、トイレにだってその方法で行ってる」

たしかに、そうだ。紐で各部屋を封鎖したのは夕方だ。それ以降、この部屋は一度も開閉されてないことになる。

「それに、コイツ、数日前から風呂に入ってない。そのわりに血をかぶってないだろ。あれだけの残虐行為をしたなら、必ず返り血をあびてる」

それはそうかもしれない。

今朝のあの現場を見たあとでは、一滴の返り血も受けずに人を殺せたと思えなかった。男の体臭が、むしろ無実の証なのだ。

それには香澄も納得したらしい。ハサミをポケットにおさめる。

「スゴイ。ほんとにいたんだ。三十一人め。神崎さん、さすがですね」

「見まちがいでなくてよかったよ」

たしかに三十一人めはいた。でも、グールじゃない。

わたしはこれの意味するところをなかなか理解できなかった。いや、理解したくなかったのかもしれない。


とりあえず、四人で見張って、男をトイレにつれてく。

「おまえ、名前は？」と、神崎がたずねる。

「処刑にはフルネームが必要だ。名字だけでいいから教えてくれ。偽名でもいい。じゃないと、呼ぶとき困る」

「えっと、じゃあ、柏餅《かしわもち》で。なんなら、柏でいいよ」

絶対、本名じゃない。あだ名か自分の好きな食べ物だ。

「柏。おまえ、ずっと、あの部屋に隠れてたのか？」

「うん、まあ」

「でも、おれたちは何度もあの部屋を調べた。そのときには誰もいなかったはずなんだ」

「おれ、配管工だから」

「つまり？」

「屋根裏に隠れてたんだよ。トイレのときだけ走っていって」

「でも、食料はどうしてたんだ？」

「コンビニ？　みたいなとこがあって、初日にあそこからくすねたよ。ありったけ」

わたしは最初にコンビニへ行ったときのことを思いだした。食料品は何もなかったけど、そう思ってみると、棚に不自然な空きがあった。ほんとはあそこに食品がならんでたんだ。缶詰やレトルトなら日持ちもする。

わたしは柏のたくましさに感心した。でも、どっちみち、隠れてるだけじゃ勝ちにならない。グールが誰なのか特定して処刑しないと、この場所から生きて出ていけないのだ。

「あの、神崎さん。この人、どうするんですか？　グールじゃないのはわかりました。でも、沢井さんたちは、たぶん納得してくれませんよね？」

「だろうな。否応なく、今夜の裁判で処分する」

各階にトイレはあった。柏は個室が一つあるだけのトイレのなかへ走っていった。待ってるあいだ、外の廊下で、わたしたちは話しあった。

ずっと難しい顔をしていた香澄が、ため息まじりに言いだす。それはわたしのかすかな不安を直撃した。

「ねえ、それより、大変なんですけど。あの人が三十一人めで、しかもグールじゃないとしたら、それって、わたしたちのなかにグールがいるってことじゃないですか？」

その言葉に衝撃をおぼえて立ちすくむ。

わたしたちのなかにグールがいる——それは、どういう意味だろう？

「わたしたちって？」

「だから、わたしたちですよ。神崎さんと島縄手さんはより条件が厳しかったから、たぶん違う。グールだからって、自分の手首を片手でベッドの手すりに結びつけられる軟体動物になるわけじゃないだろうし。さっきの柏餅さんも室内にいながら、外のドアノブは縛れない。それなら、これまでアリバイがあるって除外してた人たちのほうが、むしろ怪しいですよね？」

がくぜんとした。

それだ。わたしが考えたくなかったのは。

アリバイがたしかなはずの人たちのなかに、グールがまぎれこんでる……。

第三章　それぞれの理由

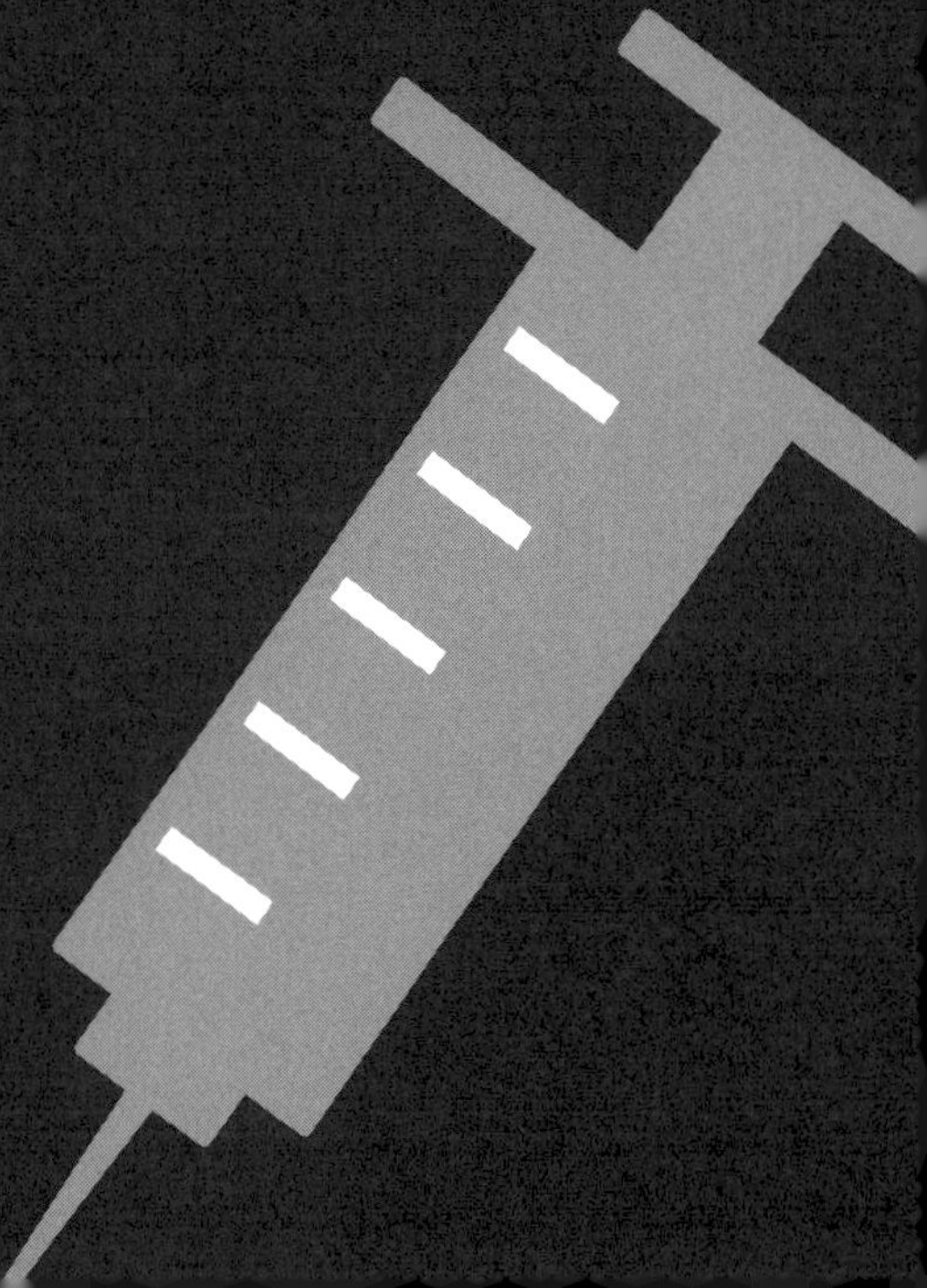

屋根裏の徘徊者

もう何がなんだかわからない。アリバイがあるのに、なんで、グールはグループのメンバーをだませるんだろうか？

てっきり優花が泣きだすと思えば、おずおずとではあるけど、こんなことを言いだした。

「すごく熟睡する人が同室で、それも室内に二人きりしかいなかったら、もしかして、気づかれないんじゃない？　夜中にこっそり部屋をぬけだしても」

香澄もうなずいた。

「それはあるかも。大人数だとごまかしにくいだろうけど、二、三人の部屋なら、できなくなさそうです」

二人、ないし三人。でも、三人の部屋はわたしたちB班だけだ。除外するとしたら、二人部屋なら、D班の河合と里帆子、それにE班の津原とその相棒になる。

「じゃあ、怪しいのは、河合さん、初瀬さん、津原さん。もう一人、名前、なんだっけ？」

わたしの問いに神崎と香澄が同時に答える。

「甘見裕介《あまみゆうすけ》」

「甘見って人です」

香澄が観察眼に優れてて、思慮深いのはすでにわかってる。それにしても、神崎もそうとう用心深いし、なんでもよく見てる。初日のあの朦朧《もうろう》とした状態で、よく全員の人数を数えられたと感心する。

なんとなく、そういうやりかたになれてるのかもと、わたしは思った。

「あの四人に兆候があるかどうか調べられたらいいんですけどね」と、香澄が言う。

「それはムリじゃない？　体のどこにどんな印があるかわからないし。それに、もしもだけど、初瀬さんがそうなら、看護師だって言うから、うまくごまかす方法を知ってるかも」

「兆候っていうのが、どのていど現れるのかにもよりますよね。タンパク質を毎晩とれば、外見上、完全に抑えられるなら、調べても意味ないですね」

なるほど。そんなふうには考えてなかった。

すると、神崎も自分の考えを述べる。

「ずっと疑問に思ってたんだ。グールは一週間以内に特効薬を投与されないと死ぬって話だったろ？　でも、期間は一週間だ。最後の夜にどっちみち死ぬ。それは最初からグール側の勝利条件を満たす気が運営サイドにないってことだ」

わたしは初日にされた説明を思いだす。たしかに、そんなふうに言われた気がする。

「グールを勝たせる気がないって、なんでだろう？　もしかして、特効薬なんて、ほんとはないのかな？」

「ああ、詩織さん。それ、いい線行ってるかも？　負けた人たちは全員、実験に使うって言ってるくらいだし、まだ研究途中なんでしょうね。ほんとはただの人体を腐らせるだけの猛毒かもしれませんよ」

なんて、香澄は怖いことを言う。優花も憂い顔だ。もしそうなら、このゲームで負けたときの自分たちの運命がすでに見えてる。


しばらくして、トイレから柏餅が出てきた。

「はあっ、スッキリした。じゃあ、おれ、また屋根裏に戻るんで」

能天気な物言いに、思わず、注意せずにはいられなかった。

「柏餅さん。逃げるだけじゃ勝てないんですよ。期日内にグールを見つけないと」

「グールなら、おれ、知ってるっすよ？」

「えっ？」

わたしはまじまじと柏餅を見つめた。無精ひげだらけでむさくるしいけど、瞳は妙に澄んでる。嘘ついてる感じじゃ……ない？

「知ってる？」

「だって、屋根裏って同じ階は全部つながってるんで。あと、ダクト通って、違う階層にも行けるんす。ただ、廊下には出れないんで、トイレ行くにはどっかの部屋に一回おりないといけないんすよ」

つまり、部屋のドアノブとドアノブをつないで封鎖した外側へは出られないものの、内側を通って各階へ自在に移動はできたのだ。屋根裏とダクトだけでできた大きな一つのエリアだ。

神崎が息をのんだ。

「もしかして、見たのか？　グールの犯行を？」

「見た。もうふるえあがったよ。狂気のさただね」

「それは誰だ？」

柏餅はとつぜん小声になって、その名前をささやいた。

それを聞いて、わたしたちはますます混乱する。

「そんなバカなこと、ある？」

「ないはずですよねぇ。さっきもわたし言ったけど、そこだけは硬いアリバイのもちぬしなので」

誰よりも怪訝《けげん》な表情になったのは、神崎だ。

「それは絶対にありえない。二日めの夜、おれと同じ条件で一室に監禁されてた。朝までその状態だ。当然、熟睡なんてできなかったから、もしアイツが起きてきたら、すぐ気づいた」

しかし、柏餅はケロリとして言う。

「いや、おれは見た。絶対、まちがいないっす。ほかにいないっしょ？　あんだけガタイのいいやつ。すごかった。女の首なんか片手でしめおとせるんだ。悲鳴でもあげようもんなら、おれも殺されるとこだった」

そんなことあるんだろうか？

柏餅が見たと言いはるのは、ほかでもない。島縄手なのだ。

二日めの夜、神崎と同室でベッドにくくりつけられていた。

そうでなければ、一番それらしい人物ではあるんだけど……。

そのあと、柏餅は昨夜の島縄手の犯行をことこまかに語った。容貌や態度も、たしかに島縄手の特徴だ。

「人間をバラバラにしながら食ってた……あんなやつ、人じゃないっすよ」

しかし、香澄が神妙な顔で言う。

「ちょっと待ってください。ダクトを通って各階に移動できて、しかも同じ階層の屋根裏は全部つながってるなら、廊下には出られなくても、屋根裏から室内に侵入できますよね？　てことは、柏餅さんが殺したんじゃ……？」

じっとりにらまれ、柏餅はあわてて両手をふった。

「違う。違う。屋根裏から入っていける部屋は各階に一、二室しかないんすよ。つまり、屋根裏の点検口なんで、それがあるのはほんの一、二か所なんす。疑うんなら、案内するから見てみればいい」

というわけで、神崎がついていって、屋根裏を調べた。柏餅の言うとおり、天井板を動かして屋根裏へ出入りできるのは、各階の数か所だけ。ほとんどの部屋にはおりていけない。ただ、通気口から室内のようすはながめられる。

神崎からそのように説明された。

香澄や神崎はほんとにちゃっかりしていて、コンビニからスケッチブックと油性マジックを持ってきてた。そのマジックでスケッチブックに各階の間取りを描き、点検口の場所を神崎は図に描きこむ。

「だいたい、対角線上に二つ。一階は広いから四つ。でも、昨日の六人部屋にはなかった。もしかしたら、わざとそんなふうに改装したのかもしれないけど、内側から鍵のかかる部屋には、どこにも点検口がもうけられてない」

「だから言ったっしょ？　おれを信じてくれてもいいんじゃないすか？」

まあ、柏餅が嘘をつく必要はなさそうだ。彼自身がグールである可能性もきわめて低い。

でもそうなると、島縄手が二日めの夜、どうやって拘束をぬけだして被害者を襲ったのか、という疑問にどうしても帰ってくる。

わたしは神崎に意見を求めた。

「それで、どうするんですか？　このことを沢井さんたちに話して、島縄手さんを処分してもらうんですか？　でも、それ、沢井さんたちが信じてくれるでしょうか？」

神崎は首をふる。

「ムリだろうな。さっきも言ったが、あのときの状況じゃ、島縄手がこっそり部屋をぬけだして、あの夜の襲撃をするのは不可能だった。つまり、少なくとも二日めの深夜から三日めの朝まで、アイツのアリバイは完璧《かんぺき》だ。あの夜に人を殺したのは、アイツじゃない」

それが何を意味しているのか考えるうちに、急に目の奥から頭痛がしみだしてきた。目の前に真っ白な光が迫ってくる。めまいを感じて、わたしはよろめいた。優花が手を貸してくれる。

「大丈夫？」

「あ、ありがとう」

そのようすを見て、香澄は勘違いしたらしい。とんでもないことを言いだす。

「やっぱり、そうですよね？」

「えっ？　何？」

「詩織さんもそう思ったんでしょ？　だから、気分が悪くなったんでしょ？」

「えっと……」

きまじめな顔で、香澄は言う。

「グールは複数いる」

しばし、わたしは香澄のおもてを見つめた。言いたい意味がわからない。

「でも……」と、優花が戸惑った声を出した。

「でも、最初の夜、一人にだけグールになる薬を打ったって言われたよね？　複数いるなんて、ないんじゃない？」

「たぶん、最初は一人だったんです。島縄手さんは途中からグールになった。そう考えると何もかも説明がつくんですよね。だって、変だと思いませんでしたか？　これまで、グールは毎晩一人ずつ、必要なぶんのタンパク質を食べるにとどめていました。それが昨日から急におかしくなったみたいに凶暴になって、関係ない人たちまで殺しだした。それって、島縄手さんの仕業だからです。あの人、もともと、そんな感じじゃないですか。通りすがりの人にケンカをふっかけてお金をまきあげていく――みたいな。グールになったときの肉を食べたい本能が、本人の性格を強調するのか、単に人を殺して興奮したのかまではわかりませんが」

香澄の言葉を熟考してみる。

じっさい、グールの性格が変わったようだとは、わたし自身も感じていた。昨夜の凶行にくらべたら、その前までのグールはずいぶん、おとなしかったと。

香澄の言うように、島縄手は三日めの朝以降のどこかで、とつぜんグールになったのかもしれない。そうだとしたら、ほかにも説明がつく。

「昨日の夕方、まだ夜になってないのに殺されたよね」

香澄はうなずく。

「それじたいは壊死の進行が早くなってきて、いつもより発作の起こる時間が前倒しになっただけかもしれない。でも、それなら深夜の襲撃はいらなかった。一日に二回も人を殺す必要はなかったはず。夕方の凶行と深夜のそれは別の人物によるものなんじゃないですか？」

わたしは恐ろしさのあまり、声にならない。優花も青ざめてる。ただ黙って、その手をにぎることしかできなかった。

一人でも大変なのに、グールがいきなり二人になってしまった……。

「おれ、屋根裏に戻るっす！　やっぱ、ここにはいられないんで。じゃ！」

無責任に言い逃げして、柏餅はもとの部屋へ帰っていく。ドアをあけて入ったあと、すきまからこっちをのぞいた。

「言っとくけど、この場所はナイショっすよ？　あと、そのドアノブの細工はあんたたちが直しといて。じゃ、そういうわけで」

うらやましい性格だ。

柏餅を説得して、裁判の場にひきだすことはできそうにない。しかたないので、神崎がビニール紐でドアノブを固定した。こうしてあれば、グールも柏餅の存在には気づかない。柏餅だけは絶対的な安全圏にいるというわけだ。

「まあ、彼の存在は切り札になるかもしれない。ただ、今夜の裁判でなんとしても島縄手を処分しないといけないわけだけど」

ため息をつきながら神崎は言うけど、それは難しい。そのくらい、わたしにだってわかる。

「柏餅さんのことを説明しますか？　そうじゃないと、納得はしてもらえませんよね？」

「それより、島縄手はなぜ、どうやってグールになったんだろう？　そっちのほうが深刻な問題だ」

たがいに困惑の顔を見つめる。グールが最初から二人いたなら、運営が嘘をついてたのだ。この運営は信用できないから、ありえなくはない。それなら、むしろ単純な話。

でも、島縄手は途中でグールになった。三日めの朝以降のどこかで……。

「やっぱり、感染……するんじゃない？」と言ったのは優花だ。泣きそうな目をしてる。

「感染か……」

だから、グールウィルスと呼ばれてるのかもしれない。初日の夜、アナウンスではウィルスではない、感染しないと言ったものの、それも参加者を惑わすデマだとも考えられる。


とつぜん、神崎が怒鳴った。

「おい、運営。見てるんだろ？　グールは感染するのか？　しないのか？　それを秘匿《ひとく》したままゲームを進めさせるのはフェアじゃない」

すると、返事があった。てっきり答えなんてないと思ったのに。

「グールは感染しません。保証いたします」

「でも、現にグールは複数存在する。途中でグールが増えるなんて、ゲームの説明になかったぞ？」

「それについてはお答えできません。が、感染はしません。薬剤を注入しないかぎり、グールにはなりません」

「なんで答えられないんだ？　そっち側の不手際のせいじゃないのか？」

「お答えできません」

それきり、どんなにたずねても放送は答えてくれなかった。

「運営側の手落ちか、または、やつらにも予測不能な事態が起こったか、だな」

「さっき、グールウィルスを注入しないかぎりはグール化しないって言いましたよね。てことは、島縄手さんも誰かに薬剤を注射されたんじゃないですか？」

「だな。それしか考えられない。それも三日めの朝以降に」

神崎と香澄はそんなふうに話してる。

わたしには彼らの会話にくわわる気力は残ってなかった。

注射？　誰かがそうしたの？　でも、そんなことできる？　だって、注射器は？　それより何より、グールウィルスはどこから手に入れたの？　いったい何がどうなってるの？

混乱して何がなんだか見当もつかない。

神崎と香澄は薬剤の出どころについても話しあっていた。だけど、結論は出ない。


そうこうするうちに時間だけがすぎてく。昼食の席では、すでにマジョリティができあがってた。わたしたちと神崎のグループをのぞくすべての班がひとかたまりになっていた。今さら、票をとりこもうとしても、津原も里帆子もまったく相手にもしてくれない。

柏餅の存在を明かして、島縄手を処刑するよう進言するか、それとも、もう一人いるはずの真のグールを見つけるか……。

「どうするんですか？　夕方になったら、わたしたちのなかから誰かが選ばれる可能性がありますよ」

不安から、泣きそうな思いで神崎にたずねた。

神崎は何も言わないが、自分でもそう思ってるに違いない。真剣な表情で思案してる。

香澄を見ると、彼女は主張した。

「こうなったら、柏餅さんの見た話を教えるべきですよ。それしか、今夜の裁判を乗りきれません」

でも、そのときだ。

神崎が否定する。

「いや、島縄手はどうにかして、こっちで処分しよう。もう一人のグールに柏餅の存在を知られてはいけない。柏は今後も屋根裏から重要な目撃をする可能性がある」

ハッとした。たしかにそうだ。運がよければ、もう一人の真のグールの凶行だって、見るかもしれない。

「あっ、でも、待ってください。島縄手さんをこっちで処分するって、どういう意味ですか？裁判を通さずに……つまり、自分たちで殺――」

「相手はグールだ。それも、とても凶暴な。これは正当防衛だ」

「でも、危険です」

一瞬だまりこんだあと、

「おれに任せて」と、神崎は言った。

わたしは心配になった。神崎は自分一人で島縄手と対決するつもりじゃないだろうか？

いくら男同士でも、神崎と島縄手では筋肉量が違う。それに島縄手はケンカになれていそうだ。

勝ちめがあるとは思えないんだけど……。

幕間　島縄手翔平

体の奥がジリジリする。いつも炎にあぶられているような痺れと痛み、そして、強烈な飢え。

腹が減った。肉が食いたい。なんだかわからないが、とてつもなく肉が食いたい。

翔平はもともと、おぼえているかぎりの昔から、暴力衝動の抑えきれない子どもだった。たぶん、最近の医学や心理学で調べれば、コミュニケーション能力に何かしらの障害があったのだろう。しゃべりがヘタクソで、自分の感情をうまく伝えられない。伝えられないことが腹立たしくて、苛立ち、ついその気持ちが暴力として表れてしまう。単純に人をつきとばしたり、なぐったり。

それも子どものうちは周囲にさほどの害はなかった。だが、中学になっていっきに体が大きくなると、もう親でも手に負えない。イライラして母をつきとばし、大怪我をさせてからは家にもよりつかなくなった。

タチの悪い友人や先輩を頼っているうちに、犯罪にかかわるようになった。振り込み詐欺の受け子から、薬の売人、カツアゲ、中身を決して見るなと言われたブツの届け役、女をさらってきたり、人に言えないアレコレ。

たぶん、上は反社勢力につながっていたのだろう。中卒で高校にも行ってない翔平が生きていくには、それ以外、方法がなかったのだ。頭のいい悪いやつらにアゴで使われる、頭の悪い悪いやつ——それが翔平だ。

仕事でヘマをして、何やらものすごい損失を出してしまったらしい。さらってきた女がえげつなくエロかったので、ちょっと遊んでやったら、目を離したすきに自分で死んでしまったのだ。

「おいこら、翔平。わかってんのか？　おまえがやった女、財閥のお嬢だったんだよ。あいつの親父ゆすって、何十億ってヤマだったんだよ。あ？　てめえで償えよ？」

兄貴ぶんに半殺しのめにあわせられた上、やっとそのときのケガが治ったころに、なげこまれたのが、このゲームだ。

たぶん、売られたんだろう。始末する手間がはぶけて、オマケに報酬が手に入る。そのくらいにしか見られていなかったのだ。兄貴のためにはそうとう危ない橋も渡ってきたのに。

なんでこんなことになったのだろう？

きっと、子どものころに、しょっちゅう母親から叩かれたのがいけないのだ。感情が昂ると、すぐに手が出た母。翔平の障害は母から受けついだのだろう。

あのとき母が翔平を叩かなければ、何かが変わっていた。小学校でもクラスメイトにケガをさせて、母が呼びだされたときも。近所の女の子をつきとばしたときも。ほんとは母の悪口を言われたから、そうした。でも母はわかってくれなかった。怒り狂って、翔平を叩いた。そうでなければ、きっと何かが今とは違っていた。叩かないで、抱きしめてくれていれば、きっと……。

やけになって、あんなことしかけたのがいけなかったのか？
あのとき、腕にチクッと来て、そのあと気を失った。目がさめても、とくに変わりがなかったから安心していたのだが……。

とにかく、腹が減ってしかたない。
肉が、肉が……食いたい。人間の肉が……。

裁判・五日め

夢を見てる。

疲労のせいか体が重い。

わたしは暗闇のなかをふらふら歩いてた。

ここはどこだろう？

夢のなかの自分は家路についてる途中？

少し酔ってたのかもしれない。意識が混濁する。

とつぜん、目の前に白い光が迫ってきた。みるみる大きくなり、視界いっぱいにそれがひろがる。まるで光の猛獣。巨大な何かが突進してきた。

そして――

「……さん。聞こえますか？　……さん？」

誰？　誰なの？

白っぽい人影がわたしを呼ぶ。何人もの人間がせわしなく動きまわってるものの、それらはひどく緩慢《かんまん》に見えた。

体が流れるように宙に浮かんで移動していく。激しいめまい。

「意識が混濁して――」

「血圧低下」

「大至急、オペだ」

周囲の声がしだいに間のびして、視界がグルグルまわる。グルグル。グルグル……。

「――織さん。詩織さん？　起きて」

自分の名前をハッキリ聞いて、目がさめた。

二階にあるわたしたちの部屋だ。香澄が立ってる。

そうだった。疲れたから、部屋に帰って休んでたんだ。いつのまにか寝てしまってたらしい。

「ごめんね。もう夕食？」

「六時です。詩織さん、頭痛いの治りました？」

「頭？　治った……かな？」

じつのところ、頭はなんとなくまだ痛い。ずっと芯の部分がかすかに重い。だからってどうにかなるものでもないし、耐えられないほどじゃないので、ベッドからおりる。

ドアがひらいて、優花が入ってきた。

「詩織、起きたの？」

「ああ、ごめん。待たせた？」

「いいよ。さきにシャワー浴びてきたから。じゃあ、ホールに行く？」

「うん」

三人で一階におりていく。

エントランスホールには全員が集まっていた。島縄手や神崎もいる。

島縄手は見るからに落ちつかない感じだ。内なる凶暴性をうまく抑制できてない。

妙に緊張した夕食だった。

この日は極上のサーロインステーキ定食。肉はサイコロ状に切られていて、箸《はし》で食べるようになってた。ナイフはついてない。

島縄手が手づかみで肉をむさぼるのを見てギョッとする。やっぱり、まちがいなく彼はグールだ。

でも、ほかに異常行動を見せる人物はいない。もう一人のグールは完璧に自分を制御してるらしい。手ごわい。


ほぼ食べおわったころに、沢井が口を切った。

「裁判だ。アナウンサー。裁判を始めろよ」

気分がいっきに暗くなる。

どうしたらいいだろう。

沢井や木村は配下についた人たちから、今夜の処分者は選ばない。そこはやっぱり手を組んでないわたしたちのなかから選出する。香澄は洞察力に優れてるから、仲間に迎えたとき戦力になると考え、保留するに違いない。となると、ターゲットはわたしか優花だ。

ドキドキして、どんどん心拍数が上昇する。もう心臓がパンクしそう。

「では、今日の裁判を始めます。みなさん、誰を処分するか決めましたか？」

アナウンスが降ってくる。

もうダメだ。きっと、わたしが選ばれる。どんなふうに殺されるんだろう。青居みたいに毒ガス？　いや、ホールで毒ガスは使えない。なら、湯浅のようにロープが降りてきて首を絞めるんだろうか？

どちらもイヤだ。まだ、死にたくない。こんなわけのわからないまま。自分のことも思いだせないまま。

かと言って、優花が選ばれるのもイヤ。ここまでいっしょに困難を乗りこえてきた友達だ。自分で思ってた以上に大切な存在になってたんだと実感する。


すると、そのときだ。

とつぜん、神崎が走りだした。となりの席の島縄手にとびつき、椅子ごと倒す。野獣みたいな叫びが島縄手の口からあがる。見ると、神崎の手にはカッターナイフがにぎられてる。それが島縄手の腹部につきささっていた。

わあわあとさわぎだすのは、沢井たちだろうか。

みんなが遠まきにするなかで、島縄手の腹からどす黒い血が流れてくる。服が汚い色に染まった。

「なんか……色が……赤っていうより、黒くないか？」

「血の色が変だ」

わたしは思いいたった。酸化してるからだ。壊死が進んでる証なのだ。

「ウオォォォォーッ！」

叫んで、自分のすわっていた椅子をつかむと、島縄手はそれをふりあげ、ふりまわした。周囲の数人がなげとばされる。急激に動いたせいか、みるみるうちに、島縄手の露出《ろしゅつ》した皮膚に蜘蛛《くも》の巣状のもようが青黒く走る。死人みたいに毛細血管が浮きだしてる。

沢井がそうと気づいて驚愕の声をあげた。

「こいつ、グールだ！」

グール、グールというざわめきが、またたくまに、みんなのあいだをかけぬけた。

「そいつ、捕まえろ！」

「いや、処分だ。処分したほうが早い！」

木村が言うので、沢井がひときわ大声をはりあげる。

「今夜の処分者は島縄手だ。島縄手翔平！」

「みなさん、賛成しますか？」

いっせいに手があがる。

ただ一人、反論する者があった。

「待って！　そいつはわたしにやらせて！」

アリスだ。金髪の美少女が両手にハサミをにぎりしめて立ちあがる。


アリスはワアッと叫ぶとハサミを前につきだして、島縄手にむかってく。

だけど、あまりにも体格差があった。出血してるとは言え、島縄手はそうとう大柄な男。

さらにはケガしたせいで壊死が極度に進行し、完全に理性を失ってる。肉を食いたい欲求にとりつかれてるようだ。

奇声を発しながら、すぐ近くで倒れてる河合にとびついた。足首をにぎってふくらはぎにかみつく。河合の口から人間のものとは思えない絶叫がほとばしる。

「この化け物！」

体重をかけてぶつかるアリスのハサミが、島縄手の背中を貫通する。ただの文房具じゃない。手芸の布切りバサミだ。刃渡りは十五センチ以上。

島縄手は起きあがると、片手でアリスをはらいのける。口に肉をくわえていた。河合の肉だ。河合の足からは鮮血が湯水みたいにあふれてる。

みんなの泣き声と悲鳴が、つかのま響く。

島縄手は危険薬物でもやってるような目つきで、くわえた肉をモシャモシャ咀嚼《そしゃく》しながら、今度はアリスにむかっていった。神崎がカッターナイフをかざしつつ、あいだに入る。島縄手にはカッターナイフが見えてないみたいだ。まったくよけるそぶりを見せず、つっこんでく。喉のまんなかに刃が刺さった。それでも勢いはおさまらず、神崎のカッターナイフをにぎる手にかみついていく。

わたしは叫んだ。

「島縄手さんを処分してください！　今すぐ！」

それで我に返ったように、沢井も怒鳴る。

「みんな、賛成だな？　島縄手翔平を処分だ！」

ふたたび、さっといくつもの手があがる。

「了解しました。本日の処分者は島縄手さんです」

アナウンスがあったとたんだ。ビュンッと風を切る音がした。次の瞬間には、島縄手のひたいのどまんなかに長い棒が生えていた。ビィーンと、まだかすかに振動してる。矢だ。アーチェリーの矢がどこからか飛んできたのだ。

「あれだ」

香澄が指さしたのは、ホールの壁ぎわに設置された彫像だ。両手に弓をにぎってる。そこにつがえられていた矢が発射されたようだ。

矢がつきささった衝撃で、島縄手は床に倒れていた。

反動で反対側になげだされた神崎にかけよる。

「神崎さん！　大丈夫ですか？」

「……たいした傷じゃない」

神崎の腕にはくっきり歯形が残ってた。でも、肉はかみちぎられてないし、出血もあんまりない。ケガじたいはさほどじゃなかった。


「河合さんが！」

津原がふるえながら言うので、一同はふりかえる。

河合は片足のふくらはぎの肉がごっそりなくなり、骨が見えていた。白目をむいて失神してる。

「し、死んだのか？」

問いかける沢井の声もふるえてる。

里帆子がケガのぐあいをのぞきこみ、脈拍数を確認した。

「まだ生きてる。だけど、このままだと危ないかも。出血性ショックっての聞いたことない？大量出血で死ぬかも。血を止めないと」

「どうやって？」

「とりあえず、ひざのとこで縛る。それから、切れた動脈を人工血管に置換。外傷部縫合《ほうごう》。できれば輸血もしないと。感染症予防の点滴も」

そうは言っても、今できるのはひざの上で縛り、出血を抑えることだけだ。

木村が天井にむかってたずねる。

「ケガ人が出た。このままじゃ命が危険だ。手術してもらえないのか？」

でも、返ってきたのは、

「それはできません。ゲームが終了するまでは、そちらで対処してください」という冷酷な答えだ。

沢井が怒ったような声を出す。

「そんな！　おれたちでなんとかって、どうしろって言うんだよ？」

「ゲームに勝利すればいいではありませんか？」

それで沢井たちはハッとした。

「島縄手、死んだよな？」

「死んでる。脈も止まってるし、息をしてない」と答えたのは神崎だ。

すると急に里帆子やほかの数人が笑いだした。

「やった！　じゃあ、あたしたち、勝ったよね？　グールを処分したんだもんね。今すぐ解放してくれるんでしょ？」

みんなが歓喜するなかで、アナウンサーは歯切れが悪い。

「朝まで待たなければ、わかりません」

すぐさま沢井が反駁《はんばく》した。

「わからないわけないじゃないか。見ろよ。島縄手の体、もう腐り始めてる。いくらなんでも早すぎる。グールだからだろ？　壊死してたからだ」

さっき暴れたときに服が数か所やぶれていた。両腕は紫色に鬱血してる。血の色が黒かったのも、壊死が進行してたせい。どこからどう見てもグールだ。

「おれたちを解放する気がないからだな？　そんなのはもうゲームじゃないぞ！」

沢井が怒り狂ってる。なんだか怖い。

だけど、解放されない理由を、わたしたちは知っていた。仲間内で顔を見あわせる。うなずいて、神崎が説明した。

「もう一人、いるんだよ」

「はっ？」

「グールはもう一人いるんだ」

二人めのグール

島縄手は二人めのグール。

それも、三日めの朝以降、とつじょ、グールになった。

神崎の口からその説明を聞いた沢井たちは、しんと静まりかえった。

今、現に目の前でグール化した島縄手を見れば、彼が二人めのグールだったことは一目瞭然《いちもくりょうぜん》だ。

それについては疑いようがない。

そして、二日めの夜の状態から、島縄手が三日めの朝までグールじゃなかったこともまた論理的に証明できた。

「つまり、一人めのグールは、まだ、このなかにいる」

神崎の言葉を誰もがかみしめている。

「……もう一人？」

つぶやいたのは、津原だ。メガネがくもってるのは泣いてるせいかもしれない。

「ああ。もう一人」

「そんな……」

勝ったと思った瞬間は天国だった。でも、その直後、ふたたび地獄に堕とされる。

今のみんなの気分はそういうもの。

優花も、アリスもさめざめと泣いてる。もっとも、アリスには別の感情もあっただろうけど。

とつぜん、沢井が立ちあがった。何やら冷淡な目をしてる。

「調べよう」

「何を？」と、たずねる神崎は逆に警戒の表情だ。

沢井は当然のごとく宣言した。

「グールかどうかをだ。島縄手を見たろ？　グールは肉を食べていても兆候を隠せない。体のどこかに鬱血がないか、これから全員、服ひっぱがして調べるんだよ」

やっぱり。いつか、そんなふうに言いだすんじゃないかと思ってた。沢井の独裁的な側面が、ついに表立ってきた。

即座に言い返したのは、里帆子だ。

「ちょっと待ってよ！　冗談じゃない。なんで、女のわたしたちが、あんたの前で裸にならなきゃなんないわけ？　いくらあんたでも、そこまでする権利はない」

しかし、沢井の目つきは口で言って説得できる感じじゃなかった。

「おまえがグールか？」

「はあっ？　何言ってんの？」

「おまえ、グールだから見られると困るんだろ？　生きるか死ぬかってときなんだぞ。裸にくらいなれるだろうが！」

話にならない。

木村が止めるかと思いきや、何も言わない。沢井の暴走という形で調べられるなら、それでいいと考えたのかもしれない。

スゴイなと思ったのは、一歩もひかない里帆子だ。

「じゃあ、そう言うあんたからぬぎなよ。他人にばっか押しつけんな！」

沢井は笑った。

「おれたちは毎晩、ちゃんとチェックしてたんだ。シャワールームで。おれたち四人は誰にも兆候はない」

男ばかり四人とは言え、そこまでしてたとは。感心するより、あきれた。きっとあの四人はみんな体育会系出身なんだろうな。

「だからって、そんなの信用できない。あんたたちは男同士でイチャイチャ、チェックしあってたかもしんないけどさ。あたしたちの目で見たわけでもないし」

里帆子に言われて、沢井はカッとしたようだ。危険な目つきをする。

神崎があいだに入った。

「言いあったって、しょうがない。おれも全員、たしかめてみるのは悪くないと思う。だけど、さすがに女の人たちにここでぬげって言うのはやりすぎだ。男女にわかれてシャワールームで確認しよう。それならいいだろ？」

不承不承、沢井も里帆子も折れた。

こうなったら、しょうがない。女同士なら我慢できる。わたしも腹をくくった。恥ずかしいとか言ってられない状況なのは事実だし。

全員でぞろぞろシャワールームへ歩いてく。

「ついでに髪洗っちゃおう。もう一回来るのめんどうだから。ね？　詩織さん。優花さん」

香澄がそんなふうに言うので、ちょっと気分がまぎれた。

わたしは微笑したあと、ふと気づいた。いつも男にかこまれてるアリスはグループのメンバーから離れて一人だけだ。なんだか、とても気落ちしてる。

「アリスさん。大丈夫？　どっかケガしてない？」

声をかけると、アリスは首をふる。

「ケガは、してない」

それにしては元気がない。

もしかして、とつぜんの島縄手襲撃と関係してるんだろうか？

「あの、聞いたらいけないかもしれないけど、さしつかえなければ教えて。島縄手さんに個人的な恨みがあったの？」

アリスはうなずいた。沈んでるせいか、最初に受けた印象と違う。やけに子どもっぽい。

「お姉ちゃんが、アイツに殺されたんだ。さらわれて、脅迫電話かかってたみたいだけど、翌朝、遺体が見つかって……」

「……そうだったんだ」

「だから、アイツを殺すためにこのゲームに参加したの。うちはいろいろ裏社会につてがあるから、誰がお姉ちゃんを誘拐したのか調べて、アイツのせいだってわかった。監視してたら、かなりヤバイ感じのゲームに参加するって……」

なるほど。それなら、島縄手に対するあの態度も納得できる。家族が殺されたのなら、憎悪するのはしかたない。

でも、アリスは泣いてた。

「だけど、そのせいで……わたしがひきとめたから、河合さんが……」

アリスが止めてなければ、あのときすぐに島縄手は処分された。河合は襲われなかったはず。

涙をこぼすアリスの肩に、わたしはそっと手をかけた。

＊

シャワールームのなかで、一人ずつ順番に服をぬいで確認した。

わたし、優花、香澄、アリス、里帆子。女はもうここにいる五人だけだ。河合はまだ生きてるけど、今夜を越せるかどうかがわからない。

誰も兆候らしいものはなかった。ただ、背中をむいたわたしを見て、みんなが妙な声を出す。

あれっとか、えっと言われて、ふりかえる。

「あの、何か？」

「詩織さん。それ、手術あとじゃないですか？」

「えっ？」

自分で見ようにも、背中だから目で追えない。シャワールームには鏡がなく、たしかめられなかった。

「手術あと？　そんなのあるの？」

「あります。背中の脇腹に近いとこと、ふとももにも。ちょっと、いいですか？　ここです」

香澄が急に指でなぞってくるので、くすぐったさにあせった。その感じから言えば、けっこう大きな傷だ。

「どんな傷？」

「どんなって言われても、たぶん、ケガして縫ったあとかなって。あと、かなり新しいです。縫合して、ひっついたばっかりみたいな」

「そうなんだ……」

わたしは戸惑った。自分ではまったくおぼえがない傷。いつ、そんな大きなケガをしたんだろう。

「ケガとはかぎらないよ」と、看護師の里帆子が言う。

「たとえば腫瘍《しゅよう》の摘出《てきしゅつ》とかね。まあ、それにしては背中側ってめずらしいけど。ふつう開腹手術って胸だよね」

ケガにしろ、病気にしろ、記憶にない。

でも、ほんとにそうかな？　あの夢は？　あれって、もしかして病院じゃなかった？

白い服を着た人たちがまわりをあわただしく動きまわってた。

もしも、あれがただの夢じゃなかったとしたら？

なんだか頭がガンガンする。にぶい痛みの奥から何かがとびだしてきそう。


「とにかく、服着たら？　冷えるよ」

優花に言われて我に返る。

服を着てホールに戻ったものの、まだ男たちはいない。こっちは五人だけど、男は十二人。倍もいるから、時間がかかるんだ。

「わたしたちのなかにはいなかった。てことは、男の人の誰かがグールなのかな？」

「そうなら、暴れますよね」

期待したけど、けっきょく、時間をかけて調べたわりに、グールは見つからなかった。

沢井はイラついてる。

「なぜなんだ？　なんで誰も兆候が見つからないんだ？　島縄手はあんなにハッキリ出てたのに」

里帆子が看護師の観点で答える。

「ワクチン接種しても、人によって副反応出たり出なかったりするよね。病気も症状は人それぞれだから。もう一人のグールはタンパク質の補給がいいバランスで働いて、あんまり表面的な兆候がないのかもね」

考えてみれば、島縄手は人一倍、筋肉質だった。そのぶん、タンパク質を分解する作用が強く働いたのかもしれない。

「せっかく、調べたのに……」

「ねえ」

みんなが落胆した。

でも、どうしようもないので、その日はそれぞれの部屋で休むことになった。

「河合さんはどうするの？」と、里帆子。

「おまえ、看護師なんだろ。同室だし、めんどう見ろよ」

沢井の言葉に、里帆子は顔をしかめた。

「いくら看護師でも、治療できるものなんにもないんだよ？　せめて薬くらいないと、手のほどこしようがないよ」

すると、香澄が口を出した。

「コンビニに痛みどめとかあったはずですよ」

「ほんとは今すぐ輸血したいとこだけど……しょうがないね。鎮痛剤、市販のがどれくらい効くかなぁ」

二人がコンビニに走っていく。まもなく、いろんな薬を持って帰ってきた。

「詩織さん。優花さん。わたし、今晩、里帆子さんを手伝いますね」

「うん。わかった」

香澄が里帆子と去っていく。

あわてて、アリスも追っていく。

「待って。河合さんがああなったのは、わたしの責任だから、わたしも看病する」

今夜は優花と二人きりみたいだ。

交代で寝ずに看病するなら、ほんとはわたしも手伝いたかった。けど、なんだか立ってられないほど眠い。

「詩織。わたしたちも帰ろう？　今日はすごく疲れた」

「そうだね」

優花と二人で寝室に帰った。もちろん、鍵はしっかりかける。


ベッドによこになっても、落ちつかない。今日はほんとにたくさんの事件がありすぎた。四人もの犠牲が出てしまった朝。それから柏餅を見つけて、グールが二人いることがわかって、そのうちの一人である島縄手を処刑した。

グールはあと一人。

明日には見つけられるだろうか？

でも、今日の段階で特定できなかった。

みんなアリバイがあるはずなのに、いったい、誰がグールだっていうのか……？

そういえば、二人しか同室じゃない人の一方が怪しいって話してた。河合は違うだろうから、里帆子、津原、甘見のうちの誰か……。

とは言え、里帆子がそうだとは思えない。男勝りで気丈ではあるけど、話してみると悪い人ではなかった。沢井とも互角にやりあえる。ああいう女性は同じ女として、なくてはならない存在だ。

だとしたら、津原か、甘見……。

考えるうちに眠気に抗えなくなってきた。トロトロと、意識がとけていく。

幕間　才木アリス

アリスは子どものころから何不自由なく暮らしてきた。

ノルウェー人の母と日本人の父のあいだに生まれ、容姿は抜群だし、父は一流企業の社長だ。

父は多忙でほとんど家にいなかったが、母は優しく、お金はありあまっていた。

だが、その金がどこから来ているのか、アリスが真実を知ったのは、中学二年生のときだ。

父の会社は海外のマフィアと裏でつながっていて、人身売買で多額の利益を得ていたのだ。

当然、父を嫌悪したし、反発した。

母はなんとなく、そうではないかと察していたのだろう。長らく心を痛めていた。心労のせいで、若くして亡くなった。

アリスに残った心をゆるせる家族は、たった一人の姉だけだ。姉がいてくれたから、幸せを感じられた。いつかアリスが学校を卒業したら、二人で家出して暮らそう。父の得た汚い金でなんて生きていけない。


そう誓いあっていたのに、姉は不幸な事故で亡くなってしまった。父の裏の顔を知った日本のヤクザが、姉を誘拐して、身代金を要求してきたのだ。

てっきり、アリスは父が姉を見すてると思った。だが、父は意外にもとりみだして、言われるままに金を用意していた。

信じられないことに、父は娘を愛していたのだ。世界中の都市から若い女や子どもをさらって、闇取引で売りさばいているくせに、自分の娘だけは大事に思っていたのだ。


姉の遺体が帰ってきたときには二人で泣いた。初めて父と心が通じた気がした。


父は裏のつてをたよって、姉を死に追いやった人物を見つけた。指図して誘拐した兄貴ぶんをとらえ、拷問に等しいことをしたようだ。相手側の組織には金で片をつけてあった。何をしてもかまわないという了承を得て、痛めつけるだけ痛めつけた。たぶん、最終的には殺したんだろう。

だが、実行犯の男はそのときすでに姿を消していた。

ようやく探しあてたものの、妙なゲームにかかわって、拉致《らち》されたと知った。

ゲームの主催者がわかれば、父はその男も金で買ったはずだ。しかし、どうしても主催者がわからない。どこの組織に通じているかも謎だ。おそらく、マフィアや反社会的組織ではないのだ。しょうがなく、父はゲームが終わるまで待とうと言った。

父の判断のほうが賢明だとわかってはいた。

それでも、アリスにはあきらめられなかった。愛する姉を殺した男を、この手で殺してやりたいと思った。やはり、自分にも父の血が流れているのだと自覚した。

だから、父の反対をおしきり、このゲームに参加した。

あの男を――島縄手を殺す機会をうかがうために。

目的はあるていど遂げられた。自分の手でとは言えないまでも、一矢むくいることはできた。

でも、そのために罪のない女性を犠牲にしてしまった。これでは父といっしょだ。自分の都合で弱者をふみにじる絶対悪。そうはなりたくなかったのに。だからこそ、必ず彼女を守り、助けないと。

夜中、河合が何度も苦しげにうなっているのを見た。そのたびに鎮痛剤を飲ませたが、どのていど効果があるのかは疑問だった。あまり過剰にあたえるとオーバードーズになってしまうし、難しい。

「ごめんなさい。河合さん。わたし、絶対にグールを見つけるから。なるべく早く。だから、それまで我慢してね」

どうか生きてほしい。

祈るような気持ちで河合の手をにぎると、河合も手をにぎりかえしてきた。しきりと誰かの名前を呼んでいる。もしかして、アリスをその人と勘違いしているのだろうか？

「……ふゆ。ちふゆ……ごめん……ごめんね」

いったい、誰に対して謝罪しているのか。謝りたいのはこっちだというのに。

なんだか母が死んだときのことを思いだしてしまう。

「お母さん……」

つぶやくと、河合が目をあけた。苦しいはずなのに、アリスを見て微笑む。意識がもうろうとしているのだろう。

「そこに……いるの？　千冬」

「お母さん」

「ごめんね。千冬。もうすぐ、お母さんもそっちに行くから……ゆるしてね」

アリスはハッとした。

千冬というのは、おそらく河合の娘だ。その娘はすでに亡くなっている。

「ダメ！　まだこっちに来ちゃダメ。わたし、怒ってないよ。お母さん大好きだよ。だから、生きて。がんばって」

「千冬……」

「約束だよ？　生きるって。いっしょにここを出よう」

途中から、河合はそれが娘ではなく、赤の他人の女の子だと気づいたようだった。だが、アリスの顔をしばらく見つめたあと、少し涙ぐんだ。

「ありがとう……」

安心したように、ふたたび眠りにつく。

河合にも複雑な事情がありそうだ。

グールのささやき

真夜中。

金縛りにあっていた。

体が動かない。こんなことはずいぶん前にもあった気がする。いや、それほど前でもなかったような？


——患者の意識ありません。

——心拍数ギリギリだな。今すぐ輸血だ。

——横断歩道を渡っていて、乗用車にはねられたようです。

——骨盤、骨折してる。それに大腿骨《だいたいこつ》。麻酔投与して。今すぐオペだ。

——……。

——……。

——……目がさめましたか？　これ、何本だかわかりますか？

何？　わからない……。

妙な夢を見てる。

長いあいだ暗闇をさまよってたような？


廊下を誰かが歩いてる。

違う。壁のなか？

大きな……とても大きな蛇が、音もなく這いまわってる。鱗《うろこ》が壁にひっかかる、かすかな振動がピリピリ伝わってきた。

それに、呼吸音。ふうふう。ふうふう。誰かが息を殺してる。

この部屋のなか、何かがいる？

わたしはどうにかして目をあけようとする。でも、やっぱり、まぶたもあげられない。全身が重い。指一本すら持ちあげられない。


助けて。誰か……。


人の顔した蛇が屋根裏から、こっちをのぞいてる。獲物を探しているみたいだ。

わたしは気づいた。この化け物は以前にも夢のなかで、こっちを見てた。そうだ。ドアのすきまから入ってきた、あの怪物だ。

ふふふと笑いながら、それは何かを食べてる。だらりと生ぬるいものが顔の上に落ちてくる。鉄サビの生臭い匂いがした。ボリボリと骨をかじる音がすぐ間近で響く。

助けて。助けて――

それはわたしが動けないと知って、おもしろがってる。骨をかじるのに飽きて、天井裏から降りてくる。

いや、でも、この部屋の天井板は固定されてる。絶対、ここまでは来られないはず。

ふうふう。ふふふ。ふうふう……。

冷や汗をかきながら、わたしは一晩中、異様な物音を聞いていた。

＊

朝になり、目をさました。一晩寝たはずなのに、体がずっしり重い。妙に疲れきっていた。

今日はグールの被害があったんだろうか？　誰もさわいでないみたいだけど。

それに、河合は？　無事なのか？

わたしはとびおきた。

優花はとなりのベッドでよく寝てる。

「優花。わたし、河合さんのようす見てくるね」

「待って。わたしも行く」

優花が起きてくるのを待って、二人で廊下へ出た。

沢井たちのグループが朝からパトロールをしてる。

「おはようございます。今日は……何かありましたか？」

「ないね。なんでか、誰もやられてない。ほんとにグール二人いるのか？」

「さあ。それは……」

沢井はわたしや優花に興味がないようで、そのまま去っていった。神崎の姿が見えない。まだ起きてないのか。

河合のいる六人部屋まで行く。重傷の河合を二階に運べないので、空室になったF班の部屋を使ってるのだ。神崎はそこにいた。香澄や里帆子もすでに目をさましてる。アリスはほとんど徹夜だったんじゃないだろうか。顔色が悪い。

「……河合さんは？」

答えたのは神崎だ。

「なんとかもってる。けど、まだ出血してるし、このままじゃ……」

「せめて輸血だけでもしないと」と言ったのは里帆子だ。

あらためて見ると、たしかに河合の顔は昨日にくらべても青い。唇はチアノーゼを起こして紫色だ。今すぐなんらかの処置をしなければ危ないと、素人目にもわかる。


言いだしたのは、香澄だ。

「神崎さん。昨日、屋根裏の点検しましたよね。そのとき、手術室なかったですか？　手術できる器具がそろってる部屋。この建物って病院だったと思うんですよね。だからもしかして、スタッフだけが行ける区域にそんなとこがあるんじゃないかなって」

神崎が考えこむ。

「そういえば、一か所、気になる場所があったな。もしかしたら、これまで行けなかったセクションかもしれないと思った。おりたら、あがっていけなさそうだから確認してないんだが」

「そこ、今すぐ調べましょう！」

「わかった」

神崎と香澄が調べに行く。

「みんな、朝ごはんまだだよね。詩織。持ってきてあげようよ」と、優花が言うので、里帆子とアリスのための朝食を運んだ。わたしたち自身もそこにトレーを持ってきて食べる。

「でもさ。手術器具が見つかったとしても、わたし、ただのナースだよ？　手術なんてできないんだけど。医者がいないとさ。どうするつもりなんだろう？」

「誰か、お医者さんはいないんでしょうか？」

わたしたちの会話を黙って聞いていたアリスが、急に立ちあがった。

「そう言えば、うちの班に医者だって言ってた人がいた」

「ほんと？」

「つれてくるね」

アリスは河合の顔を見つめたあと、走っていった。

医者はいた。器具さえそろえば、河合を助けられるかもしれない。


これで何もかも好転する。きっと。少なくとも、河合は死ななくてすむ。

まもなく、アリスがとりまきのなかから二人つれてきた。

一人は医者だという柴木《しばき》。

もう一人はアリスの父が彼女を守るためにつけた護衛。父の会社の幹部だというけど、スーツを着たマフィアに見える。

「柴木さん。あんた、お医者さんだって言ったよね？　河合さんを助けてくれる？」

アリスに言われて、柴木はうろたえた。四十代くらいの冴えない男だ。見た感じ、医者には見えないんだけど。

「たしかに、前は医者だったよ。でも、今は違う」

「河合さんを見てよ。手術しないと死んじゃうんだよ？　元でもなんでもやってくれないと。今それができるのは、あんただけでしょ？」

「でも……」

柴木の態度は煮えきらない。

それを見て、里帆子が口を出した。

「ちょっと待ってよ。元医者って、なんで辞めたの？」

「それは……」

「医者ってふつうはよっぽどのことがないかぎり、定年まで続けるじゃない？　だって、実入りがいいんだからさ。命を預かる仕事だし、ストレスもたまるけど、やっぱり並の職よりは年収がいい」

「それは、家業を継ぐために、しかたなく……」

「家業って何？」

「……」

柴木は答えられなかった。あきらかに嘘だ。

それを見て、里帆子が主張する。妙に口調がキツイ。

「なんか、医療ミスでもやらかしたの？　だから辞めざるを得なかったんじゃない？」

「……」

柴木の表情を見れば、図星だとわかる。

それもそうだ。医者のままなら、こんなわけのわからない、危険な匂いのプンプン漂うゲームに参加するほど金に困ってるはずがない。

きっと医者を辞めたあと、何をやってもうまくいかなくて困窮してるんだろう。

「君たちには関係ないだろ。ほっといてくれ」

柴木が部屋を出ていこうとしたときだ。外から数人の足音が近づいてくる。乱暴にドアがあけられた。沢井たちだった。沢井と橋田、津原と甘見だ。

「見ろ。鬱血してる。やっぱり、コイツだ。グールはコイツだったんだ」

チアノーゼで唇や両手の指が青くなった河合を見て、一方的に決めつけた。

「ちょっと、何言ってんの？　これは出血のせいで血が足りてないだけ。ただのチアノーゼだよ」

里帆子が食ってかかったけど、沢井は高圧的に言いはなつ。

「館内のどこにも昨夜の被害者がいない。それはグールが動けなかったせいだ。コイツがソレなんだ。そういうことだろ？」

たしかに、グールは一日一人、必ず人肉を食べなければならない。そうしないと自分の死が早まる。そのときの肉を食べたい欲求は理性で抑えられるものではないという。

だとしたら、昨夜も必ず誰かが犠牲になってるはず。誰も死者が出てないのは、よっぽどの事情があるせいだ。

河合がグールだとしたら、説明はつく。彼女は昨夜一晩、生死の境をさまよって、とても人を食べに行くどころではなかったんだから。

わたしは黙ってなりゆきを見守った。河合がグールなのかどうか、反論しようにも何も思いつかない。

チアノーゼはただの貧血だとしても、ほかに兆候が出てないか調べればいいのかもしれない。とは言え、これだけ重症の河合を動かして服をはぐのは野蛮すぎる。

「じゃあ、兆候がないか調べよう。よく考えたら、昨日もコイツだけ調べてないだろ？」

沢井たちはそう言って、部屋のなかにズイズイ入ってくる。河合のまわりをとりかこもうとした。

「やめなって。今そんな乱暴したら、ほんとに死んじゃう」

「あんたたち、いいかげんにしたら？」

里帆子とアリスが立ちふさがる。当然、アリスのボディガードの薬師寺もだ。女二人はともかく、薬師寺はかなり体格がいい。マフィア独特のふんいきもあった。

両者がにらみあっていたときだ。また外から誰かがやってくる。

「待てよ。その人はグールじゃない」

神崎と香澄が帰ってきたのだ。でも、神崎をひとめ見て、わたしは息をのんだ。背中に人を背負ってる。ただ、その人はもう生きてる感じじゃなかった。片足がない。それに首にもかみきられたあとがあり、血糊で上半身が赤黒く染まっていた。

「神崎さん。その人……」

「……柏だよ。夜中にグールにやられたらしい」

神崎は廊下の床に遺体をよこたえた。苦痛と恐怖にひきつっているけど、そのおもては柏餅だ。

「柏餅さん……」

また一人、知ってる人が亡くなってしまった。柏餅の明るい性格や言動から、死とは縁遠いような気がしてたのに。

「頸動脈《けいどうみゃく》をかみきられてる。たぶん、即死に近かったんだろう」

「そうですね……」

わたしは昨夜に見た夢を思いだした。

屋根裏をはいまわる異様な物音。骨をかじる音。

あれは夢じゃなかったのかもしれない。眠りの意識で聞いていた、ほんとのこと。柏餅がグールに襲われ、必死に逃げまわってた物音ではないかと。


神崎は告げる。

「これが誰か、説明はあとでする。とにかく、一人殺されてるんだ。河合さんはグールじゃない。これだけの重傷で天井裏を這いまわれないからな。それが潔白の証だよ」

沢井は黙りこんだ。

あきらめて、すぐに退室する。木村のところへ報告に帰ったのかもしれない。

「神崎さん。柏餅さんはどこで亡くなってたんですか？」

「三階の屋根裏。かなり、あちこち這いまわった痕跡がある。血のあとから言って、まず足をかまれて負傷してから、片隅に追いつめられたんだろう。逃げきれなくなって、トドメをさされた」

暗闇の屋根裏で、人を喰う鬼に追いまわされて殺される……そのさまを想像すると、背筋があわだつ。柏餅はどれほど恐ろしい思いをしただろうか。自分だけちゃっかり助かろうなんて身勝手ではあったけど、憎めない人だった。その最期には同情する。

神崎は続けた。

「遺体が冷たいから、やられたのは真夜中だな」

このとき、わたしはまだ気づいてなかった。柏餅の死には、ただの死以上の重要なヒントが隠されてることに。

「それより、手術器具は？　輸血用血液は？」

アリスが問いつめるので、神崎は香澄を見る。香澄が背中から小型のリュックをおろした。コンビニに置かれていた災害避難時用の携帯品を入れてあったバッグみたいだ。中身だけとりだしてバッグとして使ってる。

神崎はバッグから輸血用のビニールパックをいくつかとりだした。それに消毒液だ。包帯やガーゼなども。

「血液型わからないから全種類を持ってきた。手術器具は必要なものがわからない。写真を撮ってきたんだ。どれをとってくればいい？」

「ちょっと待って。てことは、スタッフ側には行けたんだよね？」と、里帆子。

「行けるのは手術室と薬品や器材の保管室だけだ。それ以外にはつながってない」

「そっか。そこから外に出られたらって思ったけど……」

一階のエントランスホールも外部には通じてない。外へ出られる窓は全部、格子でふさがれてる。どうやっても参加者が外へ逃亡できないよう考慮されてるのだ。

神崎はスマホを出して、写真を見せた。里帆子が「これとこれ。これも運べたら」などと指示を出す。

神崎は腕を組んだ。

「できれば、もう一人、男が来てくれたら、大きめの器具でも運べる」

「河合さんをそこへつれていける？」

里帆子は屋根裏への出入口を見てないから、そんなことが言えるのだ。天井裏まで高さが二メートルはある。ベッドを足台にしたとしても、大怪我して意識のない河合を運びあげるのは不可能だ。

「ムリだな。この部屋で手術するしかない。それより、問題は誰がやるかだ。医者は？」

わたしたちは柴木をながめた。柴木はみんなの顔を見まわし、それから虫の息の河合を見つめる。

「手術しても、必ず助かるとはかぎらないぞ？　この状態じゃ、もう」

答えたのは、アリスだ。

「それでも、可能性があるなら助けてよ」

柴木は嘆息した。

「……わかった。何があっても責任は持たない。それでもいいなら手術しよう」

そして、「屋根裏はのぼったことないが、おれも行く。そのほうが早いだろ？」とみずから申しでた。

神崎と柴木に薬師寺がついていった。香澄は残って、このあいだに朝食をとった。


三十分後。

神崎たちは帰ってきた。点滴用のスタンドや手術用具、持てるだけのものを運んできた。だけど、肝心な点で重大な問題がある。

「河合さんって、血液型はなんなんだ？」

「あたしに聞かれたって、知らないわよ。看護師だからってわからないからね？　超能力者じゃないから」

アリスが必死に河合に呼びかける。

「河合さん。起きて。血液型は何？　お願い。血液型だけでいいから教えて」

返事はない。とても質問に答えられる状態じゃない。

「あの、O型が万能血液って聞いたことあるんですけど。すべての血液型に輸血できるって」と、優花が意外な知識をひろうする。

だけど、柴木は首をふった。

「O型には抗原A、Bがないからね。だが、それは赤血球だけだ。血漿《けっしょう》には抗A、抗Bがふくまれてる。この輸血用血液は全血だから、血液型が違えば抗体が反応する。危険だ。自分と一致する血液型のほうが安全だ」

すると、里帆子が河合に覆いかぶさって、あちこちのポケットをさぐった。

「あった！」

薄い冊子だ。可愛らしい母子の絵が表紙に描かれてる。

「母子手帳？」

「河合さん、たまにこれ見てたんだよね。ほら、書いてある。河合静恵、血液型はA型。まあ、日本人で一番多いタイプだね」

のぞいてみたけど、かなり古い手帳だ。十年以上前のもの。母親は河合自身。うしろのほうに赤ちゃんを抱いた写真も貼ってある。

それにしても、母子手帳を肌身離さず持ち続けてるのは、なんだか奇妙な気がする。もちろん親子にとって大事なものではある。でも、子どもが成長すれば、日常的に必要はない。ポケットに入れるには大きめだし、ちょっと異常な感じすらする。

「柴木さん。わたしが補佐するんで、頼んだよ」

里帆子に励まされ、柴木はうなずいた。

わたしに手術を見てる度胸はなかった。手術器具や輸血のパックを見てるだけで気分が悪くなる。白い光が目の前で膨張する。

優花たちといっしょに外へ出た。神崎も追ってくる。

「河合さんの食事、食べられないだろうけど、水はもらっといてあげたほうがいいだろうね」

「ですね。神崎さんは朝食まだでしょ？　わたし、さっき食べましたよ」

河合の命は柴木と里帆子に託すしかない。

手術が成功するよう、祈ることしかできなかった。

第四章　あばかれたグールの秘密

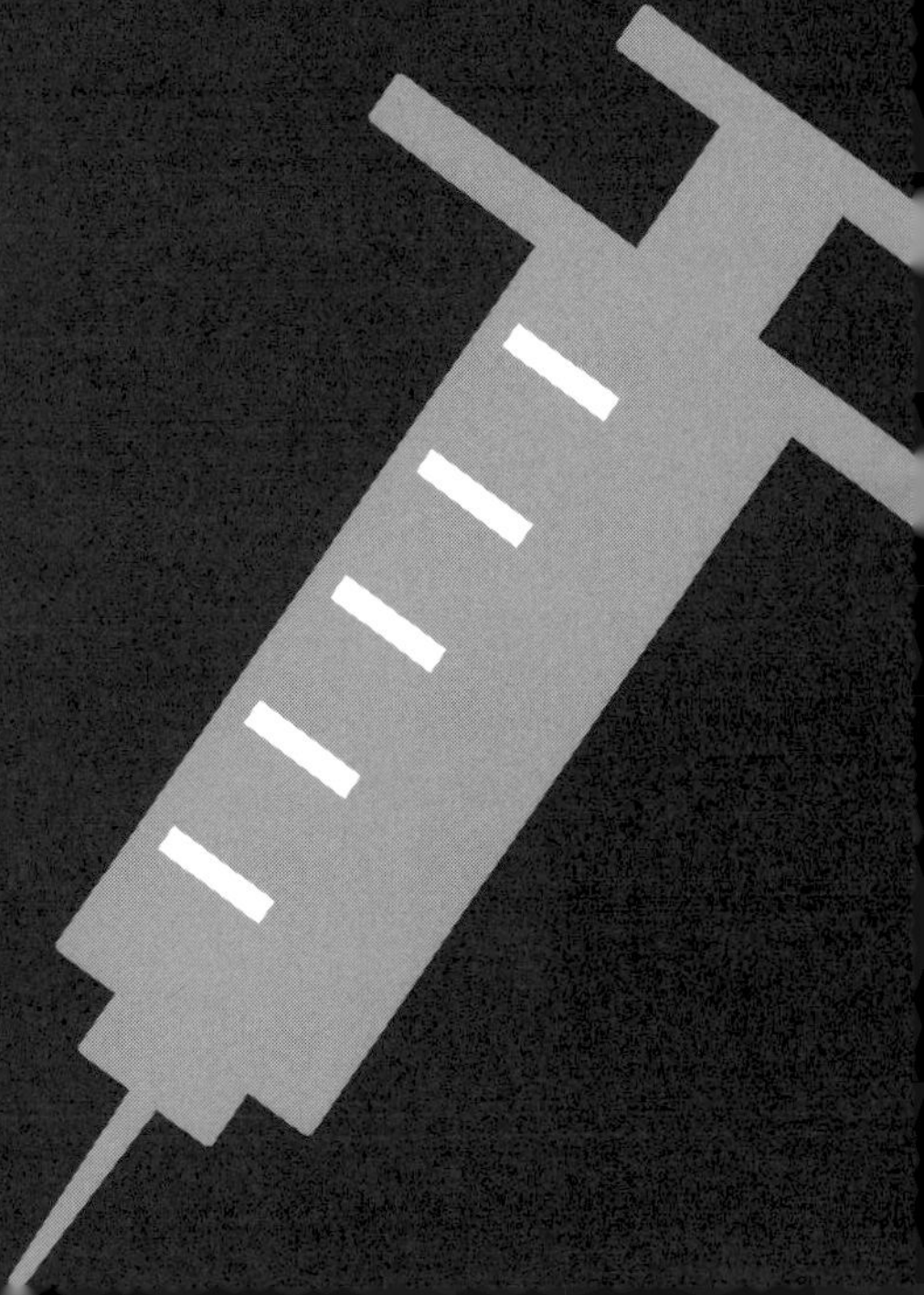

裁判・六日め

朝食には遅かったので、ホールはほとんど人がいなかった。津原と甘見がぼんやり椅子にすわってる。こっちに気づいて津原が声をかけてきた。

「なんか、沢井さんが言ってたんだけど、あんたたち、どっかから死体、探してきたんだって？」

「ああ」と、神崎が答える。

「それって、あんたが言ってた三十一人め？」

「まあそう」

「そいつ、どこに隠れてたんだ？」

今さら隠してもしかたないと思ったのか、神崎は昨日のてんまつを詳細に語った。

「屋根裏かぁ。気づかなかったなぁ。ほかにもそこに人が隠れてたりしないのかな？」

「それはない。昨日、すみずみまで調べたから」

「そうなんだ」

話しながらロボットから朝食のトレーを受けとっていた神崎は、うっかりペットボトルをとりおとした。かがんだときに、ポケットから何かがころがりでる。

「落としたよ」と、津原がひろってさしだす。

神崎はなぜか礼も言わず、ぶっきらぼうにそれをポケットに戻した。遠くて文字までは見えなかったけど、あの形状は名札だったような気がする。

神崎の名札。

そういえば、わたしも神崎の下の名前を聞いてない。たぶん、裁判のときのために、神崎はわざと隠してる。裁判で選ばれても、フルネームを知られてなければ処刑されない。

つまり、たったいま、神崎はフルネームを津原に知られてしまった。それは神崎としては嬉しくないだろう。


神崎さんの下の名前。なんだろう？


わたしは単純にどんな名前なのか興味をひかれたけど、聞きだそうとは思わなかった。

が、一人に見られたら、あとは何人でも同じだと思ったのか、神崎はあきらめた感じでポケットからとりだした名札をいじる。今度は近距離なので文字も見えた。


〈神崎瞬矢〉


そう記されてる。

神崎、瞬矢《しゅんや》か。

なんとなく嬉しくなった。

そのあと、津原たちはいつのまにかいなくなった。沢井のところへ報告へ行ったに違いない。屋根裏の調査をするつもりかもしれない。

わたしたちは神崎が食事を終えると、河合のようすを見にもとの部屋へ戻った。もちろん、そんなにかんたんに手術が終わるわけもない。

柴木たちが手術を終えて出てきたのは、二時間後だ。

「やれるだけはやった。太い血管はつなげたし、傷口は縫合した。出血はこれで抑えられる。だが、感染症にかかってないとは言いきれないし、ムリに動かせば傷口がひらく。あとは輸血の効果がどれだけ早く現れるかだな」

室内を見ると、河合のようすは劇的に変化していた。紫色だった唇は少なくとも茶色には見える。輸血のおかげだ。それに医療用酸素ボンベを神崎たちが運んできたので、その効果もあったみたいだ。

香澄とアリスが両側から柴木を褒めたたえる。

「スゴイ！　先生。やればできるじゃないですか」

「ありがとう！　先生！　一生、感謝するよ」

美少女二人に褒めちぎられて、柴木も悪い気はしないらしい。照れ笑いを浮かべた。

「もう昼食の時間か。早いな」

なんて言って歩いていく。

「あの人、腕は悪くなかったよ。なのに、なんで医者、辞めたのかねぇ？」と首をかしげながら、里帆子もつぶやいた。

「悪いけど、わたしも飯にすっからさ。誰か、河合さん見ててよ。麻酔がまだ効いてるから、しばらく目はさめないと思う」

「わたしたちがいますよ」

わたしがうけおうと、里帆子はホールへ歩いていった。

「マズイな」と言いだしたのは、神崎だ。

「どうしたんですか？」

「今日の裁判だ。沢井たちが誰を選ぶつもりか」

昨日は島縄手がいた。だから、なんとかやりすごせた。でも、今日は誰も怪しい人物が見つかってない。ほんとに自分たちのなかにグールがいるのか。いったい、それは誰なのか。さっぱり見当もつかない。この状態で裁判を迎えるのはとても困る。

柴木さんはお医者さんだし、里帆子さんは看護師だ。もしものときのために医療従事者は残しておきたいはず。津原さんたちはすっかり沢井のパシリって感じだし。

やっぱり、なんの役にも立たないわたしたちが危ない。どうにかして、今夜を乗りきらないと。

夕方近くに、河合は意識をとりもどした。点滴をまだつけたままだけど、顔色はかなりよくなった。けれど、河合自身はあまり嬉しそうじゃない。

「……わたし、助かってしまったんですね」

そんなふうに言われると、ほんとは死にたかったのだと聞こえる。

「ねえ、河合さん。あなた、母子手帳ずっと持ち歩いてるじゃない。どうして？」

聞いたのは里帆子だ。

河合は長らくうつむいていた。が、こう打ちあけた。

「わたしのせいで、あの子は死んだんです。まだ三つだった。自家用車で買い物に行って、自宅に帰ったとき、庭に出てきてる娘に気づかなかった。それで……」

母親の運転する車にひかれて、幼い娘が死んだ。

それは痛ましい事故だ。でも、母にとっては一生、悔やみ続ける悪夢。

「だから、ここへは死ぬために来たんです。とても危ない実験か何かだって話だったから、死ねるんじゃないかって……」

アリスが涙ぐんで叫ぶ。

「そんなのダメだよ！　河合さんが死んだら、わたしは悲しいよ？」

「そうよ」と、里帆子も言う。

「あなたのために、みんな必死だったんだから。その命、大切にしなきゃね」

河合はかすかに微笑んだ。


ここにいる人たちには、それぞれ深い事情がある。

みんなそうだ。

優花や香澄、アリスも、河合だってそうだし、柴木だって。おそらくは神崎やほかの人たちも。

それなら、わたしにもわけがあるんだろうか？

自分では思いだせないけど？


そうこうするうちにも時間がたった。夕刻が迫る。

とくに策を練るでもなく、早めに交代でシャワーをあびるなどして、日は暮れた。

いよいよ、裁判だ。

夕食の前から緊張感がただよっていた。河合はまだ歩けないので、里帆子がついて看病してる。

黙々と食事が進んでいった。そして、みんなが食べおわったころに、アナウンスが入る。

「今夜の処分者は決定しましたか？」

沢井たちはすでに自分たちのあいだでの話しあいは終わってるようだ。とくに相談するでもなく、沢井が口をひらいた。

「神崎瞬矢。あんたの行動は不審な点が多い。おれたちは総意であんたを処刑する」

わたしは自分のことのように心臓が縮みあがった。ドキンと強く脈打つ。

だけど、わたしよりさきに香澄が声を出した。

「それは賛成できません。なぜなら、神崎さんは確実にグールじゃないと断定できる一人だからです。今、そう言えるのは、神崎さん、河合さんの二人です。わざわざそのなかの一人を犠牲にするのは愚策も愚策。今夜をあわせても、あと二回しか裁判ないんですよ？　そんな下手な一手を打つと、わたしたち全員の生存率を極端にさげます」

　すると、沢井はドンと目の前の椅子をけりたおした。現在残っているのは十八人。すでに半数近くの椅子が持ちぬし不在になってる。

「そいつは怪しいんだよ。なんで屋根裏あるって、おれたちに隠してたんだ？　今朝死んだ男が自分の正体バラす危険性があったからじゃないのか？」

「違います。柏餅さんが目撃したグールは、島縄手さんです」

「それだよ。島縄手がグールだったんなら、同室だったコイツはどうなんだ？　グール同士で手を組んでたんだろ？」

　それは不可能だったと、香澄は滔々《とうとう》と説明した。が、沢井はそっけなく首をふる。論理的に考えようという意思がすっかり減退してるように見える。とにかく、怪しいかどうかより、みんなを自分の思うままにあやつりたい、そうとしか考えてないに違いない。

「神崎がグールだと思うやつ。手をあげろ」

　沢井がみずから手をあげながら宣言すると、木村や橋田たちはもちろん、津原、甘見が手をあげた。あろうことか、C班の三人も挙手する。リーダーのアリスがいないうちに、沢井たちが言いくるめたらしい。いや、もしかすると暴力か脅迫にたよったのかもしれない。三人の目つきがオドオドしてる。

わたしはハラハラしながら、神崎を見つめる。だけど、神崎自身はいやに落ちついていた。一言も弁解するでもなく、なりゆきを見守ってる。

「見ろ。九人だ。過半数が賛成してる。おい、運営。今すぐ神崎を処分しろ！」

沢井は天井にむかって叫んだ。が——

「まだ多数決に達していません」

「なんだと？　だって、ここにいるのは十六人だ。そのうち九人が賛成して——」

「生存者は全員で十八人です。九人では半数にすぎません。多数決というのは、半数を超えることです」

チッと沢井は舌打ちをつく。そのあと、こっちをジロジロ見まわしながら立ちあがる。

「おい。誰かいるだろ？　あと一人で決まるんだ。それとも自分が選ばれたいのか？」

指の骨をポキポキならしながら近づいてくる。優花が泣きだして、わたしの背中にしがみつく。

このままだと、気の弱い優花は手をあげてしまうかもしれない。


すると、意表をつく事態が起きた。神崎自身が手をあげたのだ。

思わず、わたしは口走る。

「神崎さん？　何してるんですか？」

神崎は無言のまま答えない。

「やめてください！　そんなことしたら、神崎さんが選ばれてしまうんですよ？」

心配で胸が破裂しそうなのに、神崎は涼しい顔をしてる。

「そのかわり、一個だけ教えてくれ。ルールについてだ。最初、そのへんはてきとうに進んだけど、明日で七日が経過する。ただし、初日、ゲームが開始したのは夜だった。夕食前だったよな。てことは、丸々一週間、時間で言えば百六十八時間がゲームの開催時間なのか？　それとも、あさっての朝が来たら終わりなのか？」

そう言われると、そのへんの説明はなかった。

「百六十八時間です」と、アナウンスは答える。

それなら、八日めの夕刻までがゲームのタイムリミットだ。

八日の朝にはすべて終わると、なんとなく思ってただけにガッカリした。いや、今のグールが誰だかさっぱり見当もつかない現状では、むしろ、ありがたい？

「でも、八日めにグールの正体がわかっても、もう裁判がないよな？」

「その場合は、あなたがた参加者の手でグールを処分してください」

自分たちの手で……それはつまり、参加者同士で殺しあえ、ということなのだろうか？


あらためて、アナウンサーが告げる。

「では、今夜の処分者は神崎瞬矢さんで決定ですか？　かまいませんね？」

沢井がなんとなく妙な顔つきで神崎を見る。それはそうだ。自分自身の処刑に賛成するなんて、正気とは思えない。なのに、神崎はどう見ても冷静なのだ。

誰も何も言いだせないまま、数十秒がすぎた。

「では、今夜の処分者は神崎瞬矢さんです」

ところが、そのあと、何も起こらない。それどころか、ブツリと放送の切れる音がした。

神崎はポケットに手をつっこんで、名札をいじりながら去っていこうとする。

「なっ――ちょっと待てよ！　なんで処分されないんだよ？　おかしいだろ？　運営。なんか言えよ！」

沢井が食ってかかると、ふたたび、放送がつながる。

「今夜の処分者は神崎瞬矢さんですよね？」

「だから、アイツだろ？　早くやれよ！」

「神崎瞬矢さんはすでに死亡しています」

「なんだって？」

神崎が苦笑しながら、名札を宙になげ、キャッチする。

「これ、柏餅の名札なんだ。沢井、あんた、クラスに同じ名字のやつ、いなかったか？　まあ、おれはなかったけど、鈴木とか佐藤とか、よくある名前のやつはクラスに何人かいたろ？　それと同じだよ。初日に椅子のネーム見て、おれと同姓のやつがいるのは知ってた。急いで両方はいだけどな」

信じられない。なんてぐうぜんだろう。

でも、そう言われれば、柏餅の本名は聞いてなかった。たまたま、それが神崎と同姓の可能性だって皆無じゃない。神崎という姓はよくあるわけではないものの、日本に数軒しかない珍名でもなかった。だから、神崎は自分で自分の処刑に賛成するようなマネをしたのか。どころか、津原に名札をひろわせたことさえも、わざとだったのかもしれない。今夜の裁判をやりすごすために。

「ふざけんなよ！　てめえ！　そんなんですまされると思ってんのか？　明日には絶対、おまえを処刑してやるからな！」

興奮して、沢井が神崎の胸ぐらをにぎる。神崎はその手をつかみかえし、しばし、にらみあった。

アリスが合図を送ると、薬師寺が二人のあいだに入った。薬師寺だけは沢井より身長も高く、ウエイトもある。島縄手がいなくなったので、単純な肉体的な力で言えば、一番だ。

怒りのやり場を失って、沢井はわめく。

「天井のやつ！　おまえだって、前、三条のときはもう死んでると注意したくせに、さっきはなんで言わなかった？　そっちの手落ちだろ！」

なんとなく侮蔑するようなニュアンスで答えが返ってくる。

「なぜ、私が毎回、あなたがたに有利な情報をあたえなければならないのですか？　そんなルールはありません。前回が特別な温情だったと思ってください」

それきり、今度こそ、通信が切れた。

「沢井くん。もうやめなさい」

木村が言うと、沢井は舌打ちをついてひきさがった。でも、沢井の目つきはだんだん怪しくなってくる。今では島縄手と大差なかった。ほとんどチンピラだ。

沢井は橋田や清水に肩をたたかれて去っていった。彼らがいなくなったあと、香澄が口をひらく。

「わたし、学校のパソコンで新聞を読むのが趣味だったんですけどね。そういえば、前に、ある大学で不祥事が発覚しましたよね。ラグビー部だったかな。主将が一年生をイジメて自殺に追いこんだって。新聞には載ってなかったけど、今どき、ネット調べれば、そういう名前ってわかっちゃうんです。たしか、あのニュースの主将の名前が、沢井《さわい》獅子飛《らいと》だったんですよね。それ、たぶん、沢井さんです」

「そうかもね」と、アリスもうなずく。

「あれは人を殺してもなんとも思わないヤツの目だよ」

「だよね。沢井さん自身も早い段階で名札隠してたけど、事件になった張本人だからなんじゃないかな」

「絶対、そうだね」

「自分ではやらずにまわりにやらせて、けっこうえげつない方法でイジメてたらしいです。イジメっていうより虐待って言ったほうがいいのかな。それか、拷問。自殺したとき、被害者には火傷とか傷跡が全身に残ってたって」

人は見かけによらないと言うけれど、沢井はその典型だ。力で人を支配するうちに我を忘れてしまうタイプだろう。

「神崎さん。明日、狙われるんじゃないですか？」

だけど、神崎はもっと深刻な顔をしていた。

「それより、明日、明日が最後の裁判だ。もう一度も機会をムダにできない」

必ず、明日、グールを処刑しなければならない。そうでなければ、何が起こるかわからない。沢井が暴走して、みんなを殺してまわる——なんてことだって、ありえないとはかぎらないのだ。

そもそもグールに隠れられたら、何もかもおしまいだ。


「神崎さんは誰がグールだかわかりますか？」と、香澄がたずねた。

神崎は沈黙してる。

きっと誰にも目星をつけてないのだ。わたしだって、さっぱりわからないんだから。

そう考えてたのに、じつは違ってた。このとき、すでに、神崎はある考えに到達していた。わたしがそれに気づいてなかっただけだ。

「案外、沢井がそうなんじゃないの？」と、アリスが肩をすくめる。

神崎が否定した。

「違うな。A班の結束を考慮すると、夜中に他の三人をさしおいて、こっそり人を食いには行けない。危険なやつではあるけど、グールじゃない」

「それより、初瀬さんの食事は？　なんなら、おれが持っていくが」と、申しでたのは柴木だ。

河合の手術を通して、二人のあいだにはなんらかの共感が得られたみたいだ。

「お願いします。河合さんの容態がよければ、わたしは今夜、自分の部屋で寝ますけど」と、香澄。

「いちおうこれでも医者だ。おれがついていよう」

「ありがとうございます。柴木さん、いい人ですよね。やっぱり、お医者さんなんだな」

柴木は苦く笑った。

「おれはこれでも優秀な外科医だったんだ。ただ、大学病院の派閥争いに負けただけさ。人間関係に嫌気がさして逃げだして……もうちょっと、ねばっとけばよかったかな」

「せめて別の病院でも勤め口はあったはず」

「今からじゃもう遅いだろうが」

「わかりませんよ。あきらめないかぎり、奇跡って起こるのかも」

人一倍、苦労してきた香澄だからこそ、奇跡という言葉に重みがある。

あと一日半。

どうか、このゲームにも奇跡が起こってほしい。

幕間　木村勇司

勇司は子どものころから優秀で、何をやってもうまくいった。容姿はふつうだが、とくに悪くもない。成績はつねに上位。剣道部の主将をしていて、学生時代は女の子にもモテた。いい大学へ行き、一流会社に就職し、人生は順風満帆《じゅんぷうまんぱん》だった。料理上手の妻に可愛い娘がいて、何もかもがうまくいっていた。

あの女に会うまでは……。

勇司はあまりテレビを見るほうではなかった。見たとしてもニュースや国営のまじめな番組だけ。だから、女優やアイドルにもなじみがない。

その女に会ったときに、これまで一度も見たことないほどの美女だと思ってしまったのは、そのせいかもしれない。キレイな顔を見なれてなかったのだ。

女は会社に入ってきた新入社員だった。甘えられて、ついそんな関係になった。それがまちがいだったのだ。女にアレコレ買いあたえているうちに、給料だけではやっていけなくなった。消費者金融に手を出して、ズルズルと借金が増えていく……。

そんな日々のなかで、勇司は経理の役職についた。

最初はまじめに働いていたが、借金の返済日に、ほんの三万ほど会社の金を拝借したのがきっかけだった。いつ見つかるかとドキドキした。なのに、意外とバレない。

あれ？　もっとやれるんじゃないか？

そこからはもう坂道をころげおちるように、悪いほうへ、悪いほうへと落ちていった。

女はどんどん高いものを望むようになる。あげくのはてに、マンションを買ってほしいなんて言った。勇司は家庭をこわすつもりもなかったから、二重に生活費が必要だった。気がつけば横領の金は一千万を超えていた。

そのやさき、横領《それ》がバレた。

今月末までに全額返済すれば、刑事訴訟は起こさないと言われた。ただし、会社はクビだ。

それでも前科持ちになるよりはいい。必死に金策にまわった。

若い女は勇司からしぼりとれるだけしぼりとって、自分はあっさり寿退社した。貢いだ金を返せと言うと、ストーカー被害を警察に出すと逆におどしてきた。二人の関係を妻にバラすとも。

自分でなんとかするしかない。とは言え、これまでの見栄がある。親類縁者に頭をさげてまわるのは、勇司のプライドがゆるさない。もちろん、妻にも言えない。しかし、ブラックリストに載ったのか、金融関係はどこも勇司に貸してくれない。

このさい、多少、うしろぐらい金でもいいと、ネットで高額バイトを探していたときに見つけたのが、このゲームだ。

一週間で二千万。

それだけあれば、横領罪で起訴されずにすむ。会社は解雇だが、前科がなければ、次の仕事は見つけやすい。少し水準をさげてでも、なんとか一般よりはまだ上の生活を守れる。

だから、なんとしても勝たなければならない。

自分が敗者になるなんて、あってはならないのだ。そんなこと、これまでの人生で一度たりともなかったのだから……。

深夜徘徊

七日めの夕方におこなわれる。それが最後の裁判。

そのときをすぎれば、たぶん、パニックを起こす人が続出する。

夕食のあと、みんなで河合のようすを見にいった。容態は落ちついていて、見るからに快方にむかってる。

「わたし、子どものころにお母さんを亡くしてるんだよね」と、アリスはさみしそうに言う。

きっと、だから河合を母のように感じてるのだ。

「大丈夫。河合さんはもう安心ですよ。ね？　里帆子さん？」

香澄が言うので、里帆子はドンと胸をたたいた。

「脈も安定してるし、問題ない。わたしもついてるしね」

この人たちといっしょにゲームをクリアしたい。無事にそれぞれの生活に戻れればと、わたしは強く願った。


部屋に帰ると、急に緊張した。今日もまた変な悪夢を見るだろうか。グールが誰なのかわからないけど、たしかにいる。今夜もきっと、誰かが……。

「詩織さん。優花さん。おやすみなさい」

香澄はコンビニに置いてあったパジャマに着替えて布団にもぐりこむ。

香澄はまったく悪夢を感じないのか。うらやましい。

「いいね。香澄ちゃんは寝つきよくて」

「ふだんは夜ふかししちゃいますよ。でも、ここに来てから秒で寝れます。疲れてるんでしょうね。ま、一回寝たら朝まで起きない体質なのは、もともとですけどね」

「いいなぁ。やっぱり若いんだねぇ」

そんな話をしながらベッドにあがった。

昨日もうなされて、熟睡できなかった。今日こそはしっかり眠りたい。でも、明日の裁判や自分の戻らない記憶など、いろいろ考えてると、ますます寝られない。

それどころか、トイレに行きたくなってしまった。

夕食時だけ、要求するとコーヒーかココアを出してもらえる。よくばって二杯もココアを飲んでしまったせいか。

けれど、今は夜。グールの時間だ。外に出るのは利口とは言えない。

我慢。我慢。我慢……。

なんとか気をまぎらわして寝てしまおうとするのに、いったん意識した生理現象は無視できなかった。

しばらく布団のなかでジタバタしてたものの、おさまるようすはない。

ダメ！　やっぱり限界。

外に出ると食べられるかもしれない。でも、このままだと、あと数時間のうちには布団がビシャビシャになる。そんなこと、断じて耐えられない。少なくとも大人の女のふるまいではない。ビシャビシャになった布団を他人に見られるくらいなら、グールに見つかって食べられたほうがマシだとすら考えた。

「香澄ちゃん。優花。起きてる？」

せめて三人でなら……と思ったけど、返事のかわりに寝息が『それはムリ』と告げていた。

しかたないので、そっとベッドをおりる。

そうは言っても、やっぱり怖い。しばらくためらった。が、時間がたてばたつほど我慢できなくなる。

あきらめて、歩きだした。

ドアノブに手をかけて、脳内シュミレーションをする。トイレへの最短距離。走っていって、用をたして、手を洗って戻ってくる。このさい、手を洗うのは省略してもいい。

鍵をあけようとして、ためらった。もしも、このあいだにグールが入ってきたら、香澄や優花が危険にさらされる。

やっぱり、やめておこうか……。

でも、ダメだ。我慢できない。わたしは鍵をあけて走りだした。全速力だ。

トイレまでは一直線。

走って、用をたして、手を洗い……いや、その前に水を流さないと。

だいぶあせってたらしい。

すっきりして落ちついたので、廊下へ出たときには、あらためて外の暗闇に圧倒された。

ヤダ。わたし、ほんとにここ、一人で来たの？　めちゃくちゃ怖いんだけど……。

足をふみだそうとするけど、視界が暗いせいで、なかなか進まない。壁に片手をあてて、ようやく歩きだす。

まさかと思うが、この廊下のどこかにグールが……？

いくらなんでも、そんなぐうぜんは……。

ひと足歩くごとに力がぬける。ひざがガクガクふるえてきた。歩こうとするのに体が動かない。

そのとき、気づいた。近くで自分以外の呼吸音がする。誰かがひそんでる。

ヤダ。まさか、ほんとに、グ……グール？

息がつまって呼吸できない。

悲鳴が出なかったのは不幸中の幸いだった。まだ、グールはこっちに気づいてないかもしれない。

いや、そんなわけがない。あんなに全速力で走ったのだ。あの足音を聞かなかったはずがなかった。それに、トイレに入るとき電気をつけた。

わたしの存在を知ってて、いつとびかかるのか、ようすをうかがってる。そうに違いない。

ヒィ、ヒィと耳ざわりな音がやまない。すぐ間近で。やめてくれないだろうか。グールに聞かれたら、わたしの場所を悟られてしまう。

ヒィ、ヒィ、ヒィ……。

急にわかった。

それがなんの音なのか。

自分自身の息だ。恐怖のあまり呼吸ができてない。

出てくるんじゃなかった。今夜は、わたしが食べられるんだ……。

泣きそうになって廊下にくずれおちた。


もうダメだ。食べられるんだ。せめて、あんまり苦しまずに死ねたらいい。生きながら食われるのだけはやめてほしい。できれば、ちゃんと殺してから……。

静かに涙をこぼしてると、とつぜん腕をつかまれた。

腕から食べられるんだろうか？　ひっこぬかれて？　それはそうとう痛そう。

思わず、泣き声が高くなる。

すると、

「しッ」

誰かの手が口をふさいでくる。電灯一つない暗がりだけど、その声とほのかな全身のシルエットでわかった。


神崎さん？


なんで、こんなところに神崎がいるのか？　ほんとに神崎がグールだったのか？

それにしては、神崎の態度はおかしい。わたしを一室の扉の内につれてくと、そこで聞こえるか聞こえないかギリギリくらいの声でささやく。

「急いで部屋に帰って。何事もなかったふりして」

「えっ？」

「いいから早く。あとで説明する」

よくわからないけど、神崎には何か考えがあるらしい。もしかしたらグールを探してるのかも。

「そんなの危険ですよ」と言うと、神崎は迷惑そうにうなずいた。

「だから、あんたがいると足手まといだ」

心配してるのにそんなふうに言われて、ちょっと腹が立った。てっきりグールに襲われたと思って緊迫したあとで、感情の起伏が激しくなってる。

にらんだけど、神崎が肩を押してくるので、しかたなく彼の言葉に従おうとした。が――

廊下に出ようとしたとき、外から足音が聞こえた。姿は見えないものの、誰かが歩いてる。

ゾッとしたのは、その匂いだ。かすかにだが、血の匂いが漂ってくる。

今度こそ、間違いない。

グールだ。すぐそこに、グールがいる。


ふたたび、全身がふるえる。

神崎もそれを感じたらしい。わたしのうしろからドアのすきまをのぞき、グールに気づいた。

無意識に、わたしは神崎のほうに身をよせた。神崎もギュッと肩を抱きよせる。

音を立てないように細心の注意を払って、神崎がドアを少しずつ閉めていく。

グールがこのまま気がつかなければ。通りすぎてくれれば……。

祈ったけど、それは徒労に終わった。

あと少しでドアがピタリと閉まるという瞬間、グールの目がこっちをむいた。闇のなかで薄ぼんやりと白目の部分が浮きあがって見える。瞳がこっちを見てる。

次の瞬間、グールは走ってきた。扉にとびついてくる。あわてて、神崎がドアを閉めた。室内のパイプベッドを一つ、ドアの前へ押しだす。が、鉄製のベッドは男の力でも容易には動かせなかった。ドアが半分あいて、グールが入ってこようとする。

急いで、わたしは神崎に手を貸した。力をあわせ、どうにかドアを押し返してベッドでふさぐ。

鍵をしめようとしたけど、それはできなかった。この部屋は鍵がついてない。

神崎がアゴをしゃくって天井をさす。鍵がないということは、天井に屋根裏に通じる点検口がある。

「急いで」

たしかに、ドアがガタガタしてる。グールはあきらめてない。もしかしたら正体を知られたと思ってるのかもしれない。力のかぎり暴れてる。あの調子だと、いずれはベッドをどかしてドアをあけるだろう。

神崎は土足のまま奥のもう一つのベッドにあがり、両手を伸ばした。天井板がズルッとよこにズレた。黒い穴があく。

「入れ。早く」

「ムリ。手が届かない」

すると、神崎はさきに自分があがっていった。神崎の身長と筋力なら懸垂《けんすい》の要領で天井裏へあがっていける。そこから手を伸ばしてきた。ベッドがなければ、わたしにはきつかった。でも、なんとか神崎の手をつかんで、ひきあげてもらう。

神崎は天井板をもとの位置に戻した。これでなんとか、グールをごまかせる。きっと、ここまでは追ってこない……。

天井板にはポツポツと小さな穴があいていた。たぶん、空気ぬきのためだろう。そこから下を見おろす。天井裏は真っ暗だけど、室内にはほんのわずか光があった。窓から入る月光だ。

ガンガンと外からはまだ音がする。全身の力をかけてるみたいだ。ちょっとずつ、押さえのベッドが動いてる。

やがて、ドアが二十センチあいた。それだけあれば、人間がよこむきに通りぬけられる。キョロキョロと見まわしながら、グールが入ってくる。

何しろ暗闇だ。ハッキリとその姿は見えない。

それでも、わたしはなんだか異様な気がした。上から見おろしてるせいかもしれない。角度のせいで、ふつうに見るより小さく見えてるんだろう。それにしても、予想してたより、グールは小柄だ。少なくとも、薬師寺や沢井ではない。

あ……れ？　知ってる？

わたしの知ってる人のような気がした。

それは当然だ。もう生存者は十八人。全員の顔を知ってるんだから。

とは言え、この感覚は、ただ顔見知りという以上に知っ〻ている〻ような……？

変な気持ちで見つめてると、その視線を感じたように、グールは上を見あげた。双眸が窓外のかすかな光を反射していた。

グールは間違いなく、わたしも神崎も殺すつもりだ。

ためらいなく、足場のベッドにあがってくる。両手をあげて、天井板をさぐってる。

神崎がわたしの手をひいて、暗闇のなかへ這いだす。視界がきかないし、ホコリっぽい。イヤだけど、ついていくしかなかった。その場にいると、グールが追いかけてくる。殺されたくない。ただそれだけの思いで、必死に神崎を追った。

天井裏は単純に平坦なわけじゃなかった。ところどころ、でっぱりやコード、柱がある。それに、やっぱり、せまい。部分によれば中腰で立ちあがれるが、背を伸ばしては歩けない。これまでわたしは屋根裏にあがった経験なんてないし、視覚も奪われてる。

「待って。神崎さん」

「しッ。アイツに聞かれる」

「どこに行くの？」

「安全な場所まで逃げないと」

神崎にはこの暗闇のなかで方向がわかってるんだろうか？

心配になった。でも、天井裏には、ときどき明るい部分があった。下の非常灯や誘導灯みたいだ。天井板のすきまや穴から、その光がもれてる。神崎はそれを目印にして移動してるらしい。

遠くのほうでガタンと大きな音がした。誰かが天井裏にあがってきた。グールだ。やっぱり、ここまで追ってきた。

わたしはもう涙があふれて、どうにも止まらない。嗚咽《おえつ》を聞かれたらグールがやってくる。わかってるのにどうしようもない。

すると、さきを進む神崎が止まった。力強い腕がわたしをひきよせた。背中を抱いて、ぽんぽんとたたいてくれた。

「落ちついて。大丈夫だから」

「わたしはいいから……もう逃げて」

「心配ない。いっしょに行こう」

神崎はただ親切心で言ってるに違いない。それでも嬉しかった。

やっと落ちついた。しゃっくりみたいな泣きたい衝動がおさまる。

そのとき、うしろから光線がなげかけられた。懐中電灯だ。災害時の携帯バッグに入ってたやつ。

こっちはグールに見つかるといけないから光をつけられない。でも、グールはそんな気兼ねなく明かりをつけられる。

サッと光が頭上をよぎり、グールが近づいてくるのがわかった。音が近くなる。

神崎はわたしをよこ抱きにしたまま、ほふく前進で移動する。

けど、グールのほうが早い。そう言えば、グールは前夜にもこの場所で、柏餅を殺してるのだ。

初めて入るわけじゃない。あるていどなれてる。

何度も光をさしつけて、こっちの位置を確認しながら迫ってくる。

「こっちだ」

神崎が天井板を外した。その下に廊下がある。廊下には出られなかったんじゃないだろうかと、一瞬、疑問に思った。

暗がりのなか、上から見ると、廊下の床までかなり遠い。三メートル近くありそう。またはそれ以上。

神崎は天井板にぶらさがって、廊下へとびおりる。わたしにはマネできない。

「早く。おれが受けとめるから」

ふつうなら、とてもそこからとびおりるなんてできなかった。だけど、背後から迫るグールの気配に、無我夢中で穴のなかへ両足をおろした。神崎がやったように、ぶらさがりながら軟着陸するつもりが、途中で手がすべる。でも、その瞬間、下から支えられた。ふんわりと足が床につく。

「急いで」

「はい」

肩を抱かれて走る。

神崎は廊下のさきのドアにとびこんだ。ガチャリと鍵をかける音が響く。かたい鉄の扉だ。グールが鍵を持ってないかぎり、なかへは入れない。

グールはここまで来るだろうか？　もしも、鍵を持ってたら？

しかし、いつまでたっても、グールが追ってくる気配はなかった。

「……来ない？」

「来ないな。アイツ、この部屋が鍵つきだと知ってるんだ。たぶん、昨夜にでも調べたんだろう」

「あきらめたの？」

「とりあえず、今は」

安堵のあまり、クナクナと床にすわりこんだ。

「よかった……」

「朝になって、みんなが起きだせば、不審に思われる。その前に、アイツは自分の部屋に帰るしかなくなる」

そうかもしれない。でも、むこうはわたしたちに正体を知られたと思ってる。きっと、また来るはずだ。鍵つきの部屋を出たところを襲われる可能性はすてきれない。

「あれが誰だか、わかった？」

たずねると、神崎は黙りこんだ。たっぷり数分も考えこんだあと、反問してくる。

「君はわからなかったの？」

「だって、暗かったから。でも……」

思ってたより小柄だった。それに、どこかで見たような。

なんだろうか。イヤな予感がする。

わたしはそれをふりはらうために口をひらいた。なんでもいい。話をして気持ちをまぎらわせたかった。

「そもそも、神崎さんはどうして廊下にいたの？」

「見張ってたんだ」

「誰を？」

「……」

神崎の手が肩から離れる。

「神崎さん？」

置いていかれると思い、とたんに不安になる。でも、神崎は室内にある電気のスイッチをひねっただけだ。部屋が明るくなって、暗闇になれた目にはまぶしい。

神崎はとても真剣な表情をしていた。

いい、いい、いい。

「君を見張ってたんだ」

わたしを見張ってた？

それは、どういう意味？

グールの正体

「君は怪しかった。自分の記憶がないっていうし、それに……」

「それに？」

神崎はそのわけを説明してくれた。それを聞いて、わたしは愕然《がくぜん》とした。そんな理由、自分では思いつきもしなかったのだ。でも、たしかにそう言われれば、そのとおりだ。

「ていうことは、グールは……」

「君が部屋をぬけだしてきたときは、てっきり、おれの勘が当たったと思った。でも、トイレに走っていったろ。そのあと帰りになって、おれの気配に気づき、急に怖がりだした。グールの挙動じゃなかったから」

トイレに行ったところを見られてたと思うと、むしょうに恥ずかしい。よりによって、神崎に。

「そんなの見ないでください」

「いや、こっちだって、見たかったわけじゃないから。それにさ。いくら生理現象だからって危ないと思わなかった？」

「だって」

わたしが恥ずかしさのあまり、ふてくされた態度をとると、神崎は笑った。ちょっと冷たい感じのするイケメンだけど、笑顔は少年ぽくて可愛い。

「詩織さん。あんたはさ。なんで記憶がないの？」

「わからない。何も思いだせない。思いだそうとすると、頭が痛くなって。変な夢は見るんだけど……」

「それって、記憶喪失なんじゃないの？　ゲーム以前からさ」

「えっ？」

記憶喪失。

言葉にすれば、そうなるんだろう。もしかして薬のせいじゃなく、わたしはここへ来る前から記憶喪失だったんだろうか？

そう言えば、以前、香澄や優花と話したときにも、自分だけみんなと違うとは感じた。でも、これがゲームのせいじゃないとしたら……。

「……わたし、もしかして、病気？」

「たぶん」

「じゃあ、なんでこんなゲームに参加してるんだろう？」

「それはわからないけど」

記憶を失う前に参加予約してたんだろうか？

それとも何か別の理由？

考えるけど、わからない。

頭の芯あたりがズキンとして、白い光がフワフワした。

「ほんとに何も覚えてないの？」

「何も……名前は名札に書いてあったからわかったけど。あと、ときどき白い光が……」

くわしく聞いた神崎はこんなふうに考察する。

「白い光が二つ。急速に迫ってくる——それ、車だよね？　詩織さんって、交通事故にあったんじゃないかな？　そのときのショックで記憶がないんだ」

「交通事故……」

そうだ。そうに違いない。

酔って歩いてた。会社の同僚と外食して……駅まで歩いてく途中……。

はねとばされて、救急車に乗せられ、緊急手術をした。背中の傷はそのときのもの。


——目がさめましたね。これ、何本だかわかりますか？

——二本……。

——じゃあ、ご自分の名前を言えますか？

——名前……？

名前。わからない。わたしの名前。

すると、女医が言ったのだ。

——あなたの名前は結城詩織さんですよ。


そのときの女医の顔がとつじょ、フラッシュバックする。それは知っている人物だった。

「わたし……あの人、知ってる。ゲームに参加する前から、知ってた……？」

「それ、誰？」

わたしはその人物の名前を述べる。でも、それなら、どうして、その人は初めて会ったような
ふりをするんだろうか？　自分の職業を医者だとも言ってなかった。

「あの人、嘘をついて……るのかも？」

つぶやいてから、わたしはさらに驚愕する。

闇のなかで見たグール。

どこかで見たと感じた。暗くてよくは見えなかったけど、あの人だったように思う。

だから、あんなに小柄だったんだ。てっきりグールは男だと思いこんでたのに、女だったから
……。

「神崎さん。わたし……わかった。グールの正体……」

「ああ。おれも」

グールの正体がわかった。

でも、それなら急いで帰らないと、みんなが危ない。みんな、絶対にその人を怪しんでない。もし二人きりで会っても油断してしまう。そのすきに殺されて……。


「朝になるまでに、ここからぬけだそう」と、神崎が言った。

「でも、あの点検口、三メートルあったよね。わたし、あがれない……」

「大丈夫。屋上の物置からハシゴを持ってきてある」

ドアに耳をつけて、外のようすをさぐる。人の気配はない。神崎がカッターナイフをかまえながら、静かにドアをひらく。グールはいない。やっぱり、鍵つきの部屋にこもって、一晩じゅう、わたしたちが出てこないと考えたんだろう。

あるいは、とびおりるのを躊躇《ちゅうちょ》した。ハシゴは廊下のすみに伏せてあった。さっきは暗闇だから気づかなかった。たぶん、グールも。

天井裏にグールがいれば危険だったものの、幸いにして襲われなかった。だけど、わたしたちの寝室に近いあの部屋——最初に入りこんで天井裏にあがった部屋まで戻ってきても、ドアがあかなかった。外からドアノブを紐で固定されてるらしい。

グールの仕業だ。この場所からわたしたちを外に出さないつもりだ。

「どうしよう。閉じこめられた」

「考えたな。始末できないなら、隔離して、ほかの人たちと情報共有できなくさせたんだ」

「どうするの？」

「朝になってからドアをたたいてさわげば、誰かが気づく。ただ問題は、その前にグールがすべてを終わらせる計画なら、このドアをあけてくれる救助者は永遠に現れない」

グールはわたしたちに正体を知られたと思ったはず。夜のうちに思いきった手段をとるに違いない。皆殺しもありうる。

「神崎さん……」

「どこか脱出できる場所がないか探そう」

グールが行動に移る前に、真相をみんなの前で暴く。それしか助かる道はない。

屋根裏などの裏サイドから、ホールや寝室のある表サイドに出る方法は、点検口のある部屋のドアを通過する。それしかないと思っていた。以前、神崎自身がそう言ってたはずだ。

「探すって言っても、どうするんですか?」

神崎が考えこんだまま、数分がすぎた。

やがて、黙って天井裏へ戻っていく。しょうがなく、ついていく。

「どこ行くの?」

「さっきの手術室のとなりに薬品保管室があるんだ。そっちから、もしかしたら表側に行けるかもしれない」

またもや、暗い屋根裏を通って、さっきの場所まで帰っていく。グールはいないとわかってるので、今度は恐怖心はなかった。そのせいか、なれてきたせいなのか、けっこう早く移動できた。

さっき神崎と二人で立てこもった部屋は、よく見れば手術室だった。手術台や上から照らすライト、酸素吸入機などの設備が整ってる。ドアのほうばっかり見てたので気づいてなかった。神崎たちはここから河合の手術に必要な器具を持ちだしたのだ。

そのとなりにもう一室ある。神崎が言ったとおり、薬品などの保管室だ。両側に背の高いスティールの棚があり、奥のつきあたりにはガラス窓。表サイドの窓はすべて鉄格子でふさがれてるのに、ここは違う。

「この外に非常階段があるんだ。さびて崩れそうなやつだけど。それに窓からちょっと離れてる。ほんとの出口はさっきの廊下奥にある非常出口だ。でも、そっちは鍵がかかっててあかないんだ」

神崎が窓をあけて外を確認する。でも、真夜中だ。あまりにも暗くて階段が見えない。

「これじゃ、さすがにムリか。夜が明けるまで待つしかないな」

夜明けまで何時間だろう？　はたして、まにあうんだろうか。残してきた人たちが心配だ。けど、どうにもできない。

「しばらく休もう。起きたら体力勝負になる」

神崎がそう言うので、保管室にあった毛布を手術室に持ちこんだ。ここなら鍵がかかる。手術台で寝る気分にはなれないので、床で毛布にくるまる。

「寝られるかな。わたし、このごろ毎晩、金縛りにあって、イヤな夢も見るから」

「そうなの？」

「うん」

神崎は思案に沈むようだ。が、急に思いだしたように口をひらく。

「寒くない？」

「……ちょっと」

神崎は何も言わずに、わたしのとなりに移動してきた。背中が毛布ごしに密着して、体温が感じられる。とたんに別の意味でドキドキしてきた。

「か、神崎さんは、なんでこのゲームに参加したんですか？」

脈打つ心臓の高鳴りをごまかすために、思わずたずねた。声が裏返ってなかったか心配になる。

「ああ、いえ、あの、すいません。事情がありますよね。みなさん」

「……」

話してくれるわけもない。

二千万という大金のためなら、借金とかなんとか、他人に言いにくい理由に決まってる。そんなふみこんだこと聞いてしまった自分の無神経さに、わたしは落ちこんだ。

ところが、数分もして――

「結婚を約束した人がいたんだ。二人で幸せになるはずだった。だけど、去年の末ごろ、おれが流行りの病気にかかって……おれ自身は無症状で、自分がその病気だって気づいてさえなかった。ちょっとだるいな、くらいの。でも、おれから感染した婚約者は重症化して、あっけなく……。おれのせいで灯里《あかり》は死んだんだ。あのとき、もっとおれが注意しとけばよかった。外に出なければ。二人で会うときも気をつけておけば——」

自分を責める神崎の口調に、わたしは聞いてられなくなった。胸が苦しい。

「そんなの、神崎さんのせいじゃないよ？　病気は誰だってなるものだから」

「でも、そのせいで、大切な人ともう二度と会えないんだ。君には……わからない。このつらさ」

それはそうだ。これからの人生をずっと二人で生きたいと願った人が、この世からいなくなる。

それは、とてつもなくつらいに違いない。わたしには想像することしかできないのだ。

「……ごめんなさい」

軽率な言葉を謝罪する。

神崎は答えない。

このまま毛布のなかで消えてしまいたい。同時に、やっぱり自分はこの人が好きなんだと感じる。好きな人と二人きりになって、舞いあがって、身勝手なことを言ってしまった。

でも……神崎さんの心には灯里さんが……。

嘆息してると、背中で神崎の声がする。

「ごめん。おれこそ。やつあたりだった」

「……いいよ。別に。怒るのはあたりまえだし」

「じつは、このゲームに参加したのは、それだけじゃないんだ。もう死んでもいいと思ってたのは事実だけど」

「わけがあるの？」

「おれの兄がこのゲーム主催者の研究チームにいたはずなんだ。半年前から連絡がとれなくなって、行方がわからない。たぶん、グールウィルスのせいだ。なんらかのトラブルが研究チーム内で起こったんだと思う。ゲームに参加すれば、何かわかるんじゃないかと考えた」

「そうなんだ」

グールウィルスの研究チーム。そして、ゲームの主催者。

神崎はその人たちを知ってるんだろうか？

「誰なの？　ゲームの主催者」

「兄の話では、研究のもっとも要の人物は、ゆうきって名前らしい。名字なのか下の名前なのかも知らないけど」

ゆうき——

「結城……？」

「だから、結城詩織。君を怪しいと思ったんだ」

でも、わたしは思いだせない。何も。


ゲームの主催者はグールウィルスの研究者。

名前は『ゆうき』

わたしの名字は結城……。

「その人の写真、見たことないの？」

「ないんだ。おれは兄の拓人《たくと》とはもう数年会ってない。たまにメールでやりとりするだけだった」

「仲が悪かったとか？」

「兄の研究のためさ。守秘義務がどうとか言って、実家にも帰ってこなかった」

守秘義務のせいで、共同研究者についても何も聞かせてもらえなかったのだという。

グールの正体をつきとめたと思ったのに、また謎は深まるばかり。

「お兄さん、見つかるといいね」

「ありがとう」

もしも無事にゲームを終えられたなら、神崎には新しい恋人を見つけて幸せになってもらいたい。このままずっと死ぬまで罪の意識を抱いて、時を止めたまま、孤独でいてほしくない。それはあまりにも悲しすぎる。

相手がわたしでなくても、あなたが幸せなら……だって、ほら、二人でよりそってると、あったかいでしょ？

いつしか、うたたねしていた。

ぬくもりはあたたかく、でも、どこか遠い。

「……織さん。詩織さん」

「はい？」

神崎に起こされて目をさましたときには、窓の外が明るくなってた。朝靄《あさもや》が出てる。二、三時間も寝ただろうか。

「急ごう」

「はい」

とは言ったものの、保管室の窓をあけると、すごい濃霧だ。たしかに階段は見える。真夜中よりはマシだ。でも、危険なことには変わりない。

非常階段は右手の壁から始まってる。窓から見て、真横に五、六メートル。当然、手の届く範囲じゃない。

「あそこまで行けないよ」

「下だよ。とびうつるんだ」

今度は下を見る。

横手からの階段がななめに下におりていく。窓の真下なら、二メートルと離れてない。

「行ける？」

「ど、どうだろう」

たしかに二メートルなら、ちょっと高い塀くらいだ。なんとか、とびおりられなくはないかも。

そうは言っても、まわりは深い霧。真下の非常階段がギリギリ見える。もしも、あやまって足をふみはずしたら……。

「ちょっと待って」と言うと、神崎は室内の棚から何か持ってきた。毛布のそばにあったシーツだ。クリーニング済みのやつを袋からあけて、棚の足に結びつけた。シーツにはところどころこぶを作る。

「これをロープがわりにしよう」

まず、神崎がシーツにぶらさがり、おりていった。途中で両手を離し、トンッとかるく鉄骨の上に立つ。

わたしはそこまで華麗にはいかない。窓枠に腰かけて、シーツをにぎりながら、じっと下を見おろす。そのまま動けない。

今は霧で見えないけど、ここは二階だ。それも鉄筋コンクリート建ての二階だから、民家よりずっと高い。地面までけっこう距離があるはず。落ちたら、ただの怪我ではすみそうにない。

「詩織さん。おれが受けとめるから」

「うん……」

大丈夫。天井裏からおりるときだって、神崎さんが助けてくれた。今度も彼を信じれば――

そう決意して、目を閉じる。シーツをにぎったまま、窓からとびおりた。急に手元の感覚がかるくなる。シーツの抵抗感がなくなった。棚に結んだ先端が外れてしまったらしい。

落ちる、と思ったとき、力強くかかえられた。無意識に抱き返す。

やっぱり、好き。でも、この人にすがっちゃいけないんだ。この人のなかには、ずっと消えない人がいるから。

わたしの気持ちなんて知りもせず、

「バカ。なんで目を閉じるんだ。着地点、見ないと」

頭ごなしに叱られてしまった。それも嬉しい。

「ごめんなさい。この階段、どこに続いてるの？」

「それはおりてみないと」

行きさきが不明の階段。

もっとも、非常階段だから、最悪でも建物の外、庭のどこかには通じてるだろう。

神崎に手をひかれて階段をおりていく。濃霧のせいで遠くが見えない。おかげで建物のまわりがどうなってるのか、まったくわからない。

「鳥の鳴き声？」

「そうだな。朝だから」

「物音が聞こえない」

「いや、聞こえるよ。風の音。それに、自動車の走る音……かな？」

言われて、耳をすました。近くで聞こえる小鳥の声以外にも、そういえば、ザワザワと風が梢《こずえ》をゆらす音が届いてくる。もっと遠くのほうから、一定の規則性のあるエンジン音のようなものも響く。

それにしても、これだけ風の音を感じるなら、少なくとも建物のまわりは庭木にかこまれてる。自然の深い土地柄なのか、それとも単に広い庭があるだけなのか。

さびついた手すりをにぎりながら、一歩一歩、階段をおりる。カンカンという足音が湿った空気に吸われる。

どうやら、一階部分まで来たみたいだ。窓が見えた。

「あそこから、なかへ入れるかな？」

「いや。鉄格子がある。ムリだろう」

せっかくおりてきたのに、すべての窓がふさがれていて、どこにも入れなければ、どうにもできなくなる。それはそれで困るんだけど。

そのときだ。

遠くの車の走行音のようなものにまじって、大きな物音が聞こえた。人間の怒声？　それとも、悲鳴？

建物のなかからだった。

なんだか、イヤな予感がする。

幕間　高塚壮太

高塚壮太はC班のメンバーだ。アリスのとりまきの一人である。

年齢は二十五歳。とっくに大学卒業して働き始めている年だが、壮太は一度も就労していない。

いわゆるニートだ。高校一年でリタイアして、そのあとはずっと自分の部屋にこもっていた。

部屋のなかではほかにやることがないから、一日じゅうパソコンでネットゲームをしていた。

親のカードを使い、勝手に課金して貯金をつぶし、ずいぶん泣かれた。

うっとうしいやつらだ。早く死ねばいいと思ったが、よく考えたら、親が死ぬと壮太が暮らしていけない。黙ってせっせと稼いでればいいんだと思いなおす。

あんまりウルサイので何度か暴れたが、親なんだから、子どもを育てるのはあたりまえだ。壮太はとくに悪いことをしてるわけじゃない。

なのに、まさか、こんなハメになるなんて。


あの夜、正確には何が起こったのか、今でもよくわからない。

いつものように部屋でゲームに集中してたら、とつぜんドアがやぶられて、数人の男が入ってきた。そして、壮太は拉致された。気づけば、このゲームに参加させられていた。

たぶん、親に売られたんだろう。ほかの参加者の話では、参加するとバイト料として二千万が手に入るらしいから。

クソッ。あいつら。ふざけやがって。

おれが苦しんでたとき、なんにもしてくれなかったくせに。親づらして、学校行けだの、成績が悪いだの、みんなと同じようにしろだの、ウルサイ小言ばっかり言いやがって。

おれがイジメられるのは、おまえらがおれをキモイ顔に作ったせいだろ。だったら、責任とれよ。

それでも、このゲームも最初のうちはよかった。ものすごい美少女がいたから、ずっとそばにいて、なんとか一発やれないかなぁとスキを狙っていた。でも、ちっともそんなふうにならない。エロゲの女の子を攻略するのは大得意なのだが、壮太が努力して話しかけても、アリスはまったくフラグを立ててくれない。

クッソ。つまんねぇな。もう何やっても、つまんね。早く帰りてぇ。帰ったら、今度こそ、あのクソ親父、クソババア。ぶっ殺してやる。

朝になった。もう七日めだ。裁判は今日の夕方で最後だし、そのあとは八日めの夕方までしか時間がない。

誰か早くなんとかして、グールを見つけてくれりゃいいのに。

腹が減ってきたので、壮太は鍵をあけて外へ出た。いつも、朝六時にはホールに朝食の支度がされていた。

だから、今朝もこれまでどおりの一日の始まりだと思っていた。

だが、違っていた。この日は始まりからして、何もかもが違っていた。

第五章　勝利のために

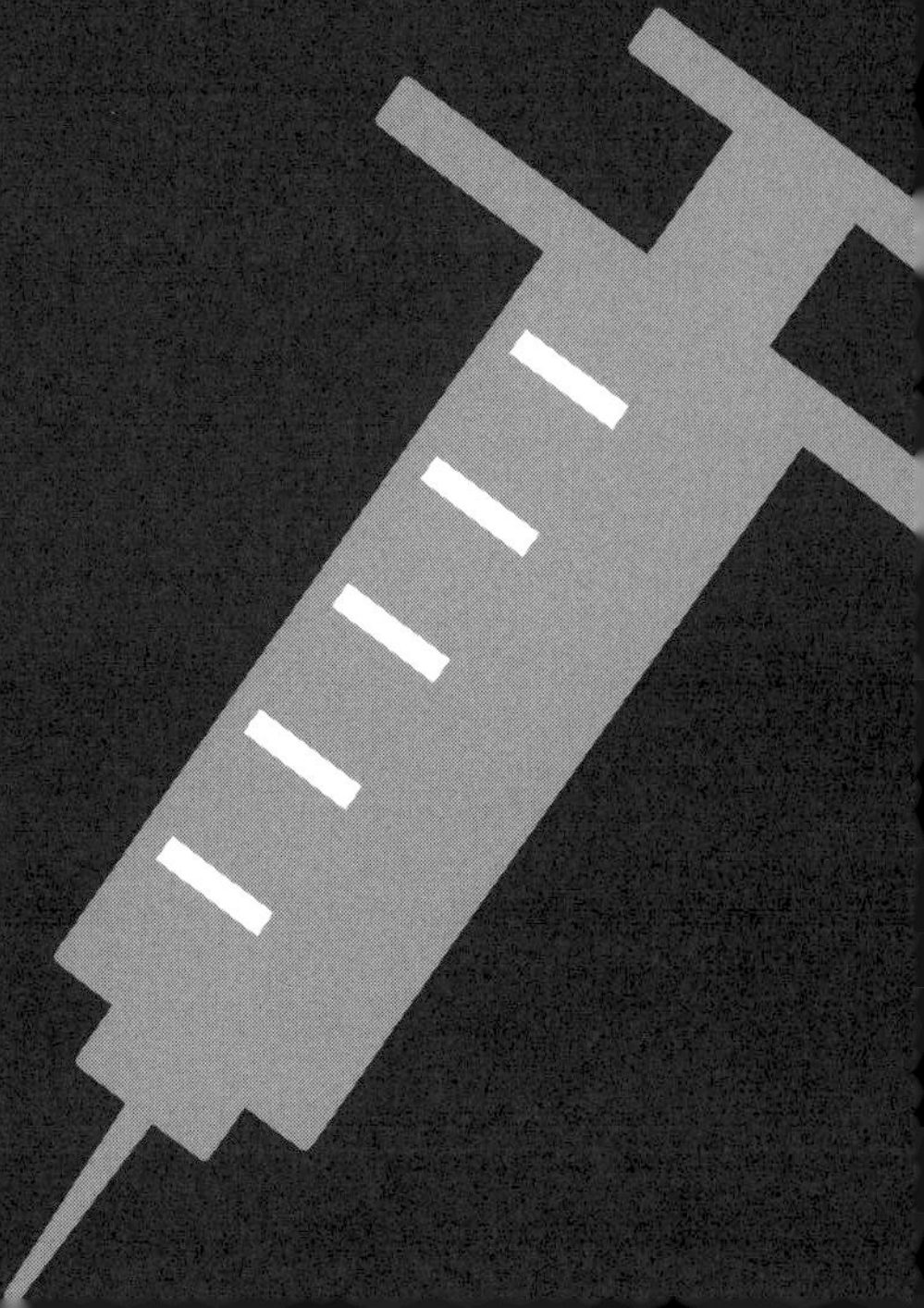

殺戮の日

七日めの朝。

霧が少し薄れてきた。

遠くから聞こえる、かすかな物音。叫び声？

胸の動悸が激しくなる。

「神崎さん。あれ……」

「早く、みんなを起こして、真実を伝えないと」

だけど、あの悲鳴はなんだろう？

もう助言は遅いんじゃないかと勘ぐってしまう。

そこはかとなく、イヤな予感。


ようやく、鉄格子のついた窓のところまでやってきた。

そこをのぞいた瞬間、わたしは息をのんだ。

窓のなかに凄惨きわまりない光景があった。

鍵のかかる寝室の一つだ。部屋のようすから北側の二人部屋だとわかる。つまり、神崎が使用してた部屋だ。でも、昨夜はそこで一睡もしてない。それが幸いしたのだ。

窓は鉄格子でふさがれ、すりガラスだ。本来なら室内のようすもぼんやりとしか見えない。が、昨夜、そこで何かがあったときに壊されたのか、窓ガラスが割れていた。

その割れたガラスから、内部を見た。

ベッドの上に男が一人、大の字になって寝ころんでる。すでに生きてないことは、ひとめでわかった。何しろ、木の杭が心臓を貫通してる。血が体の下からベッドににじみだしている。シーツがもともとその色だったみたいに真っ赤だ。

「何……これ」

「グールにやられたにしては、ものすごい力技だな。男でもこの殺しかたは難しいんじゃないか?」

これは吸血鬼の退治法だ。その場合は杭をハンマーで叩くのだ。吸血鬼があばれないように鎖でつないだり、周囲の人間が押さえたりするのだろう。素手で木の杭を心臓にさしつらぬくなんて、そうとうの腕力がないとできない。いや、人間業とは思えない……。

「変だな」と神崎はつぶやく。いったい、何を考えているんだろうか。

「それにしても、この人、なんでここで寝てるんでしょう?」

「これはC班のやつだ。春日井《かすがい》だったかな。沢井たちのもとに寝返ったから、アリスの寝室へ帰るのが気まずかったんじゃないかな。おれがドアの鍵あけたままで無人にしてたし、ちょうどいいから入りこんだんだ」

「じゃあ、誰がやったにしても、神崎さんと間違えて殺したの?」

「暗闇のなかでなら、それもありうる。気になるのはドアに鍵がかかってるかどうかだな」

「鍵？」

「そう。鍵」

鍵がかかってるわけがない。だって、室内には死体しかないのだ。殺人者はとっくに部屋からぬけだしてる。部屋のロックは、キイがないので外からはかけられない。

とにかく、早く建物のなかへ入らないといけない。でも、鉄格子がついてるので、この窓からは入れない。

「出入り口を探そう」

「はい」

階段をおりるとコンクリートのテラスになっていた。建物の周囲をかこってる。そのさきに庭がある。

靴をはいたままなので、外を歩くのにも不便はない。

テラスにそって、なかへ入りこめそうな場所を探す。

窓はどこも鉄格子でふさがれてる。建物の北側、西側は、ふだん参加者が行動できる表サイドだ。ここからはどうやってもなかへ入れない。

南へまわると、玄関があった。食事のたびにみんなが集まるエントランスホールが見える。が、ここもしっかり施錠されて入りこめない。

「まいったな」

「神崎さん。玄関のドアってガラス製ですよ。割れませんか？」

「うまくいくかな」

と言いつつ、神崎は手近な石を持って、玄関ドアに打ちつける。けれど、傷一つつかない。

「ムリだな。これ、かなり頑丈だ。防弾ガラスかな」

「そう……」

となると、ほかに入口を見つけなければならない。


そのときだ。エントランスホールに人影が現れた。奥の廊下から走ってくる。名前まで知らないけど、C班の男だ。顔にはおぼえがある。

「あれ、誰だっけ？」

「高塚だったかな」

ささやいたあと、神崎は急にわたしを抱きよせ、地面に体をふせる。階段の下までさがって、なかからこっちに気づかれないようにした。

「な、何？」

「しッ」

高塚が背後をふりかえる。男が追いかけてきた。沢井だ。その顔を見て、思わず、悲鳴をあげそうになった。神崎が気づいて手で口をふさいでくる。

それはたしかに沢井だ。昨日まで見てきた同じ人物。いかにもスポーツをやってそうな短髪のイケメン。でも、その整ったおもては今、血で赤く染まってる。返り血を浴びたのだ。着てる服もグッショリ血にぬれてる。手には手術用のメスをにぎっていた。

「あいつ……」

神崎が低くつぶやく。

その瞬間、高塚がエントランスホールの椅子につまずいた。派手にころんだところへ沢井が追いつく。メスをふりかざし、高塚の首筋に押しこむ。

一瞬だった。

ビクビクとケイレンし、高塚は白目をむく。沢井が立ちあがり、メスをぬくと、水鉄砲みたいに血がふきだしてくる。だが、みるみるうちにその勢いは弱まった。脈拍が絶えていくのだ。

こ、殺された……。

目の前で人が殺された。

そのさまを一部始終、見てしまった。

さっきからの悲鳴の正体はこれだったのか？

沢井が参加者を殺してまわってる？

沢井が高塚を殺した。

いったい、なんのために？

まさか、高塚をグールだと勘違いしたんだろうか？

「神崎さん。なかで大変なことが起こってるんじゃ？」

「そうみたいだな。前に屋根裏を調べたときに、あいつも手術室に気づいてたんだ。きっと、そのときメスを……」

「ほかの人はどうなってるんでしょう？　香澄ちゃんは？　優花は？　河合さんや里帆子さんも……アリスちゃんは薬師寺さんが守ってくれてると思うけど」

沢井は高塚が死んだのを確認すると、次の犠牲者を求めるように、また奥のほうへ歩いていった。ふらふらして幽鬼みたいな足どりだ。

「行こう。あいつを止めないと」

「そうですね」

神崎にうながされ、歩きだす。もう調べるところは東側しかない。ここになかへ入れる場所があればいいんだけど。

テラスにそって歩いていたときだ。神崎がこれまでとは異なる素振りを見せた。

「どうしたの？」

「詩織さん。もしかしたら、入れるかもしれない」

「ほんと？」

「窓に格子がない。たぶん、スタッフエリアだ」

神崎が指さす窓辺に二人でかけていき、なかをのぞく。

誰もいない。無人だ。あきらかにこれまで見た寝室じゃなかった。診察室みたいな部屋。その隣室にはパソコンがならび、書類が保管されてる。

「よかった。ガラスをやぶれば入れますね」

「いや、それより、あそこはどうだろう？」

神崎が言うのは診察室のよこにあるドアだ。もともとこの施設の関係者が出入りするための裏口だったんだろう。無機質な飾りけのないドアが一つ。

「入れると思う？」

「どうだろうな」

神崎がドアノブに手をかけた。スタッフ側の出入り口だ。入念に戸締りしてるだろうと予想したのに、あっけなく、カチャリとノブがまわる。ドアの内は暗い。

つかのま、わたしは神崎と見つめあった。


——行きますか？

——行こう。


そういう会話を目と目でかわして、細めにあいたドアをさらに大きく押しひらく。

薄暗い廊下が見えた。位置から言えば、シャワールームのはず。

でも、片方が壁になっていて、参加者側とは通じてない。やっぱり、完全にエリアがへだてられてる。

「スタッフエリアか。なら、ここにいつもの放送をしてるやつがいるはずだ。それにロボットを動かしてるやつら」

「それにしては、らくに入れましたね」

「ああ……」

神崎は眉をひそめる。

神崎じゃなくても怪しむだろう。わたしだって、かんたんすぎる気がした。もっとも、彼らは薬品庫の窓から参加者が外へ出てくるなんて想定してなかったのかもしれないけど。

防音がきいてるのか、この付近はやけに静かだ。参加者側で何が起こってるのかわからなくて不安になる。

「スタッフがいるのかどうかも気になるが、とにかく、沢井を止めないとな」

「うん」

けれど、廊下はすぐにつきあたりだ。右手にある部屋は、さっき外から見えた診察室と事務室っぽいところだけ。どっちにも重要な書類があるわけでもなく、建物が病院だったころのカルテや伝票しかなかった。

神崎は事務机から鉄製の定規と紙切りバサミをとりだして、わたしに持たせた。

「たいしたものじゃないけど、身の守りになるかもしれないから」

「はい」

ボールペンや四角い付箋《ふせん》もポケットに入れる。手紙を書き残すときに、シンプルな効果を持つ筆記具だ。

二つの部屋の前を通りすぎたところに階段があった。地下への階段だ。

「上にはつながってないんですね」

「もとはスタッフエリアとゲームエリアは区分けされてなかったと思うんだ。だから、別の階段で上へも行けたはず」

そうかもしれない。この建物には廃墟を改築したあとがある。

「じゃあ、今はもうどこも参加者側へ行く道はないのかな？」

「いや。エレベーターがある」

神崎に言われて思いだした。毎食ごとにやってくるロボットたち。それに、死体を回収に来るときも、エレベーターを使ってた。参加者側からは昇降口のドアをひらけなかったけど、スタッフエリアからなら開閉できるはず。

「そうですね。エレベーターに乗れば……」

「前にロボットのあとをつけたとき、死体をどこかへ運んでいった。死体安置所がある。そこからエレベーターに乗れるかもしれない」

そう言って、神崎は地下への階段を指さす。死体安置所と言えば、地下のイメージがある。そもそも、そこしかもう進める場所がないし、行ってみるしかない。

階段は薄暗い。照明のスイッチも見つからない。何が待ち受けてるのかわからない。でも、わたしたち二人は地下への階段をおりていった。

この階段はここが病院だったころも、メインで使われてたわけじゃないだろう。とてもせまく、よこ幅が一メートルしかない。

おりていくと、なんとなく空気が冷んやりした。

このさきに何があるのか。

とつぜんロボットが押しよせて襲ってきたりはしないのか？

神崎がいなければ、とてもわたし一人で地下へなんておりられなかった。それどころか、ここまで来れてない。手術室へ逃げこむことも、屋根裏へあがることすらできてない。昨晩のうちにグールに殺されていた。

無意識に神崎の服をにぎりしめる。怖いけれど、二人だから進める。

途中で一回折れて、ようやく地下一階についた。ドアでふさがれてたらどうしようと思ったものの、目の前にはまた廊下だ。両側にいくつかドアがある。どうやら、さきへ続いてる。

一つ一つのドアをあけ、なかを確認しながら歩いてく。

手前の二つの部屋はロボットがならんでた。充電中らしい。使用されてないときは、ここで待機してるんだ。

「人がいないね」

「ああ……」

これだけの施設を管理するのに、スタッフがどれくらい必要なのかはわからない。ロボットが八体いるから、ほとんどはオートメーションかもしれない。それにしても、まるで無人みたい。


しばらく進むと廊下が二手にわかれた。一方は細く、もう一方は広く長い。

細いほうの廊下はつきあたりにドアが一つあるだけだ。両扉になってる。

神崎がそっちに行くのでついていく。扉の前に立ったとき、すでにかぎなれた匂いを感じとった。かすかにだが、血の匂いがする。

部屋の前に人が立つと、ドアは自動でひらいた。照明も点灯する。人感センサーだ。

なかを見て、わたしは両手で口を覆った。なんとなく、そうじゃないかと思っていた。

死体安置所だ。

死体を低温で保管できるスティール製のボックスが壁の一面に計三十個あり、部屋の中央には三つの台がある。その台の上には死体がよこたえられていた。

「これは、どうして……」

おどろいたことに、木村だ。

A班のリーダー。沢井たちのボスが死体となって台に載せられてる。後頭部から血が出ていた。

検分しながら、神崎が言う。

「後頭部をとがったものでなぐられたか、倒れたひょうしに強打したかだな」

「事故ですか？」

「わからない。でも、沢井が暴れてるのは、それが関係してるのかも」

そのとき、外から物音が近づいてきた。神崎が手をひっぱり、台の下にもぐりこむ。直後にドアがひらき、外からロボットたちが入ってきた。ストレッチャーを一台押してる。また死体だ。顔は見えないけど服装からいって、さっきエントランスホールで殺された高塚だ。

ロボットたちは死体を台の上に移すと、そのまま出ていった。今日は大忙しみたいだ。

ドアが閉まると同時に台からはいだす。やっぱり、今の遺体は高塚だ。まんなかの台に安置されてる。

どうやら台は新しい遺体の一時保管場所だ。今日になって、すでに少なくとも二人が亡くなってる。それ以前に死んだ人たちの体はここにはない。きっともうボックスのなかだ。

すると、神崎が壁面に近づき、ボックスをあけ始めた。

「何してるの？」

「調べてるんだ」

「何を？」

「これまでの遺体、じっくり観察する前に回収されてしまっただろ」

「今さら、前の人たちの死にかたを確認するの？」

「ちょっと気になって」

これまでの死亡者。

いったい、何人いただろうか？

最初の夜に戸田裕樹。

二日めの裁判で青居。

その夜に名前もわからない女の人が殺された。

三日めの裁判ではその直前に階段から落ちた男を指名。

この段階で、グールは階段から落ちた男か、もう一人、同時期に捕まった三条綺夢のどちらかしかいないと考えられてた。

四日めの朝、死体が見つかる。綺夢がグールだと、みんな確信した。でも、それは三条綺夢自身だったと、夕方の裁判で判明。

そして、そのときには内宮という女性がグールに殺されていて、同じグループの湯浅直樹が処刑された。

五日めの朝。

グールはそれまでにない行動をとる。一晩に四人を襲った。江上奏子などF班が全滅。

だけど、謎の三十一人め、柏餅こと神崎瞬矢が見つかり、彼の証言でグールは島縄手だとわかった。F班の四人を殺したのは島縄手だ。

その夜の裁判で、島縄手翔平を処刑。

六日め。

誰も殺されてないように見えた。だから、島縄手に襲われて重傷を負った河合が二人めのグールじゃないかと疑われた。が、被害者はいたのだ。柏餅が殺されてた。

その夜の裁判では、沢井たちが神崎を選んだ。しかし、一計により神崎は処刑をまぬがれた。

七日め。つまり、今日。

わたしたちは夜どおしグールに追いまわされ、逃亡ルートを探して、今に至る。

見たかぎり、今日になって殺されたのは、高塚と木村だけみたいだけど、まだわからない。もっと大勢の犠牲が出てるのかも。そう言えば、神崎の部屋で殺されてる男がいた。

今現在、確実にわかってるだけで、十六人が亡くなってる。残りは十五人のはず。沢井やグールがほかの人たちを殺してなければ、だけど。


一つずつの遺体安置ボックスをひきだして、神崎は調べる。そして、首をかしげた。

「やっぱりだ。なんか変な気がしてたんだ」

「どうしたの？」

「この二日めに発見された死体だけど」

「うん」

「何度かにわけて食われてる」

「えっ？」

神崎の言わんとする意味がわからない。

幕間　沢井獅子飛

獅子飛《らいと》の親はたがいに高卒で結婚し、共働きだった。生活にはゆとりがなかった。

最初はきっと、二人だけの甘い暮らしが、若さもあって楽しかったのだろう。

だが、生活設計のなってない夫婦だから、当然、獅子飛ができたのも計画してではなかった。

初めは舞いあがってキラキラした名前を息子につけたものの、すぐに赤ん坊を育てる現実にぶちあたって、幼いと言っていいほど若い母親は育児ノイローゼになった。

父親にいたっては、妻子をうとましく思い、家によりつかなくなった。女と浮気というのなら、まだわかる。だが、じっさいには高校時代の男友達と飲み歩いたり、ゲーセンに通っていたようだ。

ノイローゼの母はよく獅子飛を叩いたらしい。もっとも、獅子飛はあまりにも幼くて、記憶にないのだが。

何度か警察や児童相談所の世話にもなったという。

きっと、そのころの傷が心のどこかに残っているのだ。

獅子飛が小学にあがるころには、ようやく父も父親らしい自覚を持ち、家庭を大事にし始めた。母は安心したのか、獅子飛にやつあたりするのをやめた。

このころが、獅子飛の人生でもっとも幸福な時期だった。ただ、それはほんのわずかな、短すぎる期間でしかなかった。

父がいて、母が笑っていて、休日には家族で公園や動物園に行った。父とはキャッチボールをした。

「スゴイな。獅子飛はスポーツなんでも得意だな。今にオリンピック選手になるぞ」

父にそう言われることが、とても誇らしかった。

とうとつにその日々は終わった。獅子飛に妹ができたのだ。

母は最初から女の子が欲しかったのだという。獅子飛のときには、あれほどひどい虐待をしたのに、妹にはひたすら甘かった。

父ですら、休日にキャッチボールをしなくなった。妹のために人形遊びやお絵かきだ。外で遊ぼうよと言っても、まったく相手にしてくれなかった。お兄ちゃんだから我慢しなさいと、強い口調で怒られた。

だから、獅子飛は両親にかまわれないぶんを、スポーツに集中してまぎらわした。どんな種目でも、獅子飛はすぐに上達した。後輩はもちろん、上級生ですら、獅子飛には一目置いた。

スポーツの世界は完全なる縦社会だ。年齢や学年、それに実力が物を言う。

何をやってもとびぬけた才能を発揮する獅子飛は、小中高、大学と、どこへ行ってもみんなの中心だった。まわりのすべてが自分に従う。その力の感覚に獅子飛は酔った。

家に帰れば、あいかわらず、両親は妹のことしか頭になかったが。

腹立たしくも、妹も家庭内での自分と獅子飛の立場を理解していた。どんなに生意気を言っても、自分は両親によってゆるされると承知していて、獅子飛をバカにするのだ。

いったい何度、妹なんか死ねばいいいと思っただろうか。


あのことが起こったのは、そんなころだった。日々の苛立ちを新入部員の一人にあたりちらしていた。そいつの顔がちょっと妹に似ているのが、シャクにさわってしょうがなかった。やることなすことが嫌いで、妹にしてやりたくてできないことを、アイツにしてやった。

その瞬間は清々したが、やりすぎたのだろう。

けっきょくソレが露見《ろけん》して、大学を退学させられた。いつかプロの選手になるという、獅子飛の夢は断たれた。

頭ごなしに怒鳴りつける両親を前にして、獅子飛のなかで何かが切れた。プツンと糸のはじける音を聞いた。

父や母や妹を、思うさま、なぐってやった。それからというもの、ヤツらは獅子飛に何も言えない。顔色をうかがいながら、逃げまわるばかりだ。

親の金でブラブラ遊び歩いていたが、ある夜、街路で襲われた。スタンガンだ。背後からビリッとやられて、気づけばこの建物のなかだった。

きっと、親に売られたのだ。獅子飛がジャマになったから。

こんなことなら、子どものころに、妹をさっさと始末しておけばよかった。

まあ、獅子飛が力いっぱいなぐったときに、妹は顔がゆがんでもとに戻らなくなった。醜い顔を他人に見られるのが怖くて、今も外へ出られない。

ザマァミロだ。

本来、獅子飛にあたえられるはずだったものを独り占めして、あたりまえみたいな顔してた罰だ。

それだけは、ほんとに満足してる。できれば、妹が自殺するところまで自分の目で見たい。だから、どんな反則をしてでも勝って、ここから生きて帰ろうと思う。

帰ったら、両親にも土下座させる。

イヤなら最初から生まなければよかったのだ。獅子飛がいらなかったのなら。考えなしに結婚して、子どもを作って、めんどう見きれなくなったら放置して、悪いのはアイツらだ。

なんで妹は可愛がられて、おれはなぐられながら育ったのに。ズルイ。ゆるせない。

もう裁判は一回しかない。イライラする。そのやさきに獅子飛は名案を思いついた。

「ねえ、木村さん。おれたちはみんなグールじゃない。おれたち以外の全員を殺してしまえばいい。そうすりゃ絶対、勝てる」

しかし、木村はいい顔をしなかった。

「いや、さすがにそれはやりすぎだ。決定的に怪しければ、私刑もアリだと思うがね」

「でも、そんな猶予はない。早くしないと、明日の夕方にはゲームが終わるんだ」

「だからって皆殺しは現実的じゃないだろう。沢井くん、君のそういうところは、ちょっと抑えたほうがいい」

反論されて、カッとなった。

木村のことは実の父より頼りになると思っていた。なんだか、優しかったころの父のようだと。

否定されると、キャッチボールをしないと言った父の顔が思い浮かんだ。

思わず、つきとばしていた。ほんのかるく。

だが、そのひとつきで、木村は死んでしまった。

暴走の果てに

七日め。

早朝の空気を悲鳴がゆるがす。

その声を聞いて、アリスは目をさました。

周囲のベッドには、河合、里帆子、柴木がそれぞれ寝ている。河合の容態は安定していたが、今晩はもしものときのために、まだ看病についていたかったのだ。

薬師寺は二階のC班の部屋に戻っている。彼にC班のメンバーの行動を見張ってもらうためだ。

アリスが息をひそめて周囲の音に意識を集中していると、言い争うような声が続いた。男の声だ。しかも、だんだん近づいてくる。

さすがに里帆子や柴木が起きてきた。

「な、何？　また誰か死んだの？」

「しッ」

階上の廊下で誰かが口論している。興奮しているので、言葉がハッキリ聞きとれた。

「うっせぇな！　イヤなら、おまえらも殺す。もうこうするしか勝ち残りはできないんだよ！」

「だからって……」

するとと、とつぜん、ガタンと大きな音がした。何かが倒れるような。わあッと大きな叫び声が同時にあがる。

「何すんだ！」

「殺す！」

「やめろ！　やめろって。反対しないよ。おまえについてくから」

「そうだよ。落ちつけって」

三人の声だ。

沢井、清水、橋田のようだ。沢井がひときわ興奮している。

そのときには、まだアリスたちは知らなかったが、沢井がはずみで木村を殺してしまったのだ。制御役だった木村がいなくなり、沢井は完全に理性を失っていた。

清水や橋田がおじけづくと、沢井のものらしい足音が、アリスたちのいる部屋の前までかけてきた。

「やっぱり、アイツが怪しい。河合だ。アイツが怪我してから、グールの行動が変になった！」

ドンドンとドアを乱打している。ドアノブが破壊されそうな勢いで、乱暴にまわされた。あれではそのうち、扉をやぶられる。

「河合さん。起きて。河合さん」

アリスは河合にとびついた。やはり体力が落ちているのか、この状態なのに熟睡している。鎮静剤のせいかもしれない。

　里帆子と柴木もあわてて、河合のかたわらによってくる。

「どうする？　アイツ、とち狂ってるよ。ヤバイんじゃないの？」

「しかし、河合さんはまだ歩ける状態じゃない。そもそも眠剤投与してるぞ」

　アリスは考えた。自分たちだけでは、沢井を相手に身を守れない。薬師寺がいれば対応できるだろう。しかし、電話はこの建物のなかでは通じない。

（窓は鉄格子でふさがれてるし……）

　逃げ場はない。袋のなかのネズミだ。


　ところがだ。そのとき、少し離れた場所で、ウワッと叫び声が響いた。廊下の奥にある階段から、誰かがおりてきたらしい。

　沢井はすぐにそっちへ走っていく。つかのま、ワアワアと二人のわめきちらす声や物音が続く。どうやら、ホールへ行ったらしい。


　アリスは決心した。

「里帆子さん。わたしが出たら、すぐ鍵かけて」

「待って。アリスちゃん。どうする気？」

「薬師寺を呼んでくる」

「待って。危ないって」

「でも、このままじゃ、どうせ、みんな殺されちゃう」

話している時間はなかった。さっきのあのようすだと、沢井は本気で相手を殺すだろう。勝負はあっけなくつく可能性が高い。

アリスは以前、島縄手を殺すために持っていた手芸バサミをにぎりしめて、外へとびだした。

思ったとおりだ。沢井の姿はない。エントランスホールで争う物音がしていた。急がないとすぐに帰ってくる。

里帆子が鍵をしめてくれると信じて、アリスは走りだした。階段へ。

薬師寺さえいてくれたら、何もかも解決する。身長で言っても、沢井より十センチは高い。何しろ、薬師寺は百九十近いのだ。父の部下のなかでも腕っぷしのよさを見込まれて、ボディーガードにつけられたのだし。


アリスはそう確信して、階段をかけあがる。

しかし、まだ半分もあがらないうちに、もう沢井が帰ってきた。

手すりごしにチラリとふりかえって、アリスはゾッとした。沢井の全身は真っ赤に染まっている。返り血だ。

さっき追われていた男はもちろん生きていないだろう。でも、たった一人殺しただけで、あんなになるものだろうか？　もしかしたら、もっとほかにも……。

沢井はアリスの姿を見ると、ニヤリと笑って追いかけてきた。完全に目つきがおかしい。グール化したときの島縄手と同じ目だ。暴力の本能に身をゆだねている。

沢井にとって、アリスはかよわい草食動物。狩られるために存在する子ウサギだ。

しかも、沢井の運動能力は抜群に高い。アリスも決して足が遅いわけではないが、みるみるうちに追いつかれる。

二階のあがりぐちまで、どうにか逃げた。が、そこで手が届くところまで沢井が来た。アリスの肩をつかもうとするのをどうにかかさける。と言っても、ころびそうになってしゃがみこんだら、たまたま肩すかしを食らわせた形になった。

「助けて！　薬師寺！」

薬師寺は何をしているのだろうか？

これだけ外でさわいでるのに、まだ寝てるなんてありえない。まさか、すでにグールにやられたのか？

もうダメだ。アリスが立ちあがろうとするより早く、沢井がのしかかってくる――

もうおしまい。生きて帰れない。ここで、死ぬ。わたしはここで死ぬんだ。やっぱり、お父さんが人を苦しめて手に入れた金で育った命だから……。

アリスが思わず目を閉じたときだ。

「やめなさい！」

間近で女の子の声がした。ギャッと短い悲鳴は沢井のものだ。目をあけると、香澄が立っている。長い柄のモップを沢井の顔面に押しあてている。

「アリス！　早く立って」

「うん」

なんとか立ちあがる。でも、しょせんは女の子の腕力だ。アリスが体勢を完全に整える前に、沢井はモップの柄をつかみ、押しかえす。

今度は香澄がころんだ。が、香澄は考えなしにとびだしてきたわけではなかった。すばやく別の何かを前に出して、沢井の顔面に噴射した。消毒液のようだ。これは目にしみる。

ようやく、薬師寺がやってきた。その姿を見て、なぜ、彼がなかなか出てこなかったのかわかった。怪我をしている。脇腹から血が流れて服を染めていた。

「薬師寺……」

アリスはひるんだ。薬師寺を頼みにここまで来たのに、これじゃ、もう誰も沢井を止められない。

それも、よく見ると沢井は手にメスを持っている。手術用の鋭利なやつ。

みんな、この狂人に殺されてしまう。

アルコール液の目つぶしを浴びて、沢井はなおさら怒り狂った。獣じみた雄叫びを発している。

薬師寺はふらつきながら走ってきた。低い姿勢で沢井にタックルする。怪我をしていても、薬師寺の体重だ。沢井は階段のほうへ押しだされた。そのまま下へ落ちてしまえばよかった。死にはしなくても、少なくとも骨折くらいはしただろうに。

が、寸前で沢井は手すりをにぎりしめた。よろめきつつ、そこでふみとどまる。そして片手に持ったメスを闇雲にふりまわしてきた。

もしかしたら、薬師寺のケガも沢井にやられたのかもしれない。

「薬師寺。大丈夫？」

「逃げるんだ。お嬢……」

「でも……」

なぜか、薬師寺は笑った。

アリスは彼の笑顔を初めて見た。ゲームに参加してからも、たまに父の送り迎えなどで見かけたときも、彼が笑うところなんて見たことがなかった。

父の会社でどんな仕事をしていたのかは知らない。マフィアの部下だ。どうせ悪事を働いていたのだろう。きっと、そういう人生しか送れなかったのだ。

「お嬢さん。おれは、あんたのお父さんに命を救われたんだ。だから、必ず、あんたを守る」
おれの命にかえても——そう聞こえた気がした。

次の瞬間、薬師寺は沢井にとびついた。沢井のつきだすメスを自分の体で受ける。

「薬師寺ーッ！」

薬師寺は体内にメスを受けたまま、両手で沢井の頭を強打する。沢井の首がイヤな音を立ててまがる。異様な角度で顔が背中側にむいた。両眼からまるで涙のように血があふれる。鼻腔や口中、耳の穴からも……。

「薬師寺……」

「……悪い。お嬢……おれは、ここまで……だ」

「しっかりしてよ」

「ムチャ……言うな……」

命の消える直前の目をしている。でも、不思議と薬師寺は満足げな表情だ。いつか自分がそんな死にかたをするとわかっていたかのように。そして、そんな自分の死にざまとしては、ベストだったと確信したように……。


数分後、薬師寺は息たえた。

アリスはショックでしばらく動けなかった。自分のために誰かが死ぬなんて、やはり目の前で見ると気が滅入る。

「アリス。薬師寺さんのためにも、あなたは生き残らなくちゃ」

「うん……」

香澄に励まされて、アリスは立ちあがる。

沢井は死んだ。でも、まだグールは生きている。沢井たちのグループは結束がかたかったから、グールがまぎれこんでいるとは思えなかった。

「今日じゅうにグールを見つけないとね」

薬師寺に脇腹のケガを負わせたのは、沢井だったのか。それともグールだったのか。


「香澄。B班のみんなは？」

香澄はなぜか一人だ。

女の子が一人でこのさわぎのなか、かけだしてくるなんて、ものすごい勇気だ。アリスもかなり無謀なほうだと思うが、香澄はそういうタイプではなかったはずだが。

香澄はおもてをくもらせた。

「目がさめたら、わたし一人だったんだよ。部屋の鍵もあけっぱなしだし、詩織さんや優花さんはどこ行ったのかな？」

すると、すぐ近くのドアが細めにひらいた。優花だ。子どもみたいに泣きじゃくっている。

「……詩織がいないの。二階のどこかにいないかと思って、廊下をのぞいたら、沢井さんが追いかけてきて」

詩織がいない。

沢井に殺されたのか？

それとも、別の理由があるのだろうか？

アリスたちは途方に暮れた。

いったい、今、生きているのは何人なのか。

誰を信じて、誰を疑えばいいのか。何もわからない。

消えた三人

阿鼻叫喚《あびきょうかん》の気配がやんだので、里帆子は外に出た。

アリスは大丈夫だったのだろうか？

室内からではよくわからなかったが、途中でアリスの悲鳴や、ほかのいくつかの声が聞こえていたようだった。

「ちょっと、ちょっと、初瀬さん。まだ危ないかもしれませんよ」

「柴木さん。あんた、それでも男？」

「いやいや。そういうの、セクハラ発言だからね」

「はいはい。どうせ、男勝りですよ」

階段の下まで行って見あげると、アリスと香澄が抱きあうようにして、階段の途中に立ちつくしている。すぐうしろには優花が。

その前に薬師寺と沢井がおりかさなって倒れていた。どちらも息はなさそうだ。

「アリスちゃん。怪我はない？　香澄ちゃんも」

「わたしは大丈夫」と答えたのは、香澄だ。やはり、この子は強い。

でも、アリスは薬師寺を亡くしたことが、かなりショックだったようだ。なんとか平静を保とうとしているものの、つらそうだ。

「とりあえず、沢井はいなくなったね」

変な角度に首のまがった沢井を見て、薬師寺が最期まで職務をまっとうしたのだとわかった。

「とにかく、朝ごはん食べようよ。ね？　あったかいスープあるといいね」

里帆子はそこにいるみんなを誘ってエントランスホールへむかう。

するとその会話を聞きつけたのか、二階のドアがあいて、津原と甘見が顔を出した。

「も、もういい？」

「あんたたち、ずっと部屋でようす見てたの？」

「だ、だって……」

まあ、里帆子だって、アリスがとびだしていったあと、助けに走らなかったのだから、他人をとやかくは言えない。

「まあいいよ。みんなで行こう」


ホールへ行くと、高塚の死体がそこにころがっていた。床に血だまりができている。とても食事どころではない。

とつぜん、優花が泣きだした。神経の細い彼女には、もう限界かもしれない。

「わたし……部屋で休んでます」

「そうね。そのほうがいいよ」

優花は頭をさげて階段へ戻ろうとする。

「あっ、待って」

「はい？」

「飲み物だけでも持っていって。朝だから大丈夫だと思うけど、一人のときは部屋に鍵かけてね」

「ありがとう」

ロボットからペットボトルを二本受けとり、里帆子はそれを優花に渡した。

「わたし、部屋まで送りますよ」と、香澄が言うので、里帆子はうなずいた。

「気をつけてね」

話しているうちにも、食事係とは別のロボットがやってきて、高塚の遺体をストレッチャーで運ぶ。

里帆子はだんだんその光景になれてくる自分に気づいた。どんな状況でも、人間というのはなれるものだ。

「河合さんも今一人だけど、平気かな。わたし、ちょっと見てくる」

「目がさめたなら、そろそろ食事もさせないとな。点滴だけじゃ栄養不足になる」

柴木は河合の手術が成功して、自信をとりもどしたようだ。こんな大変な状況なのに、以前より生き生きして見えた。

うらやましいなと里帆子は思った。柴木は医大の権力争いにやぶれただけだ。医者としてやりなおそうと思えばできる。地方の小さな病院にでも行けば、勤めさきは見つかるだろう。

だが、里帆子はそうはいかない。あんなことがあった看護師を、どこも雇ってはくれない。今どき、ちょっとネットを調べれば、過去の悪事はバレてしまう。

子どものころからおせっかいで、年下の世話を焼くのが好きだった。気は強かったし、姉御肌の里帆子にとって、看護師という仕事は天職だと感じていた。大変だが、やりがいのある仕事だった。それが、あんなことになるなんて。ほんとに、今でも悔しい。

感傷にひたりながら、廊下を歩く。少し前で香澄と優花が階段をあがっていく姿が見えた。

「河合さん。目がさめた？」

「よかった。初瀬さん。誰もいないから、どうしようかと……」

「ごめんなさい。いろいろあって。でも、もう大丈夫だから。いちおう、今は落ちついてる」

だけど、このままですむとは思えない。グールはまだ自分たちのなかにいる。そして、今日は最後の裁判の日だ。グールが暴れまわる可能性は高いのだ。

「何かあったの？」と聞く河合に、里帆子はあらましを語った。

隠していてもしょうがない。それに、河合は現状以上にツライ思い出を持っているから、このゲームのなりゆきで心を痛めるていどは、ほかの人より少ない気がした。

「そう。そんなことが。あなたやアリスちゃんが無事でよかった」

「アリスちゃんは薬師寺さんが亡くなって、だいぶ落ちこんでる」

「そうなの」

「でも、なんとかして、今日を乗りきりましょ。まだ高校生のあの子たちが、がんばってるんだから、あたしたちだって負けてられないからね」

「そうね」

河合の容態はかなりよくなった。ふくらはぎの肉をごっそり食いちぎられているから、右足のひざから下はほとんど機能しないだろう。ふつうに歩けるようになるには、そうとうのリハビリが必要だ。それでも杖をつけば、最低限の移動はできそうだ。

「車椅子があればねぇ」

里帆子は天井を見あげた。

「ちょっと、運営。車椅子くらい、よこしなさいよ。いいでしょ？　手術はこっちでしたんだからさ」

するとアナウンスがつながる。

「了解しました。車椅子を一台、用意します」

しばらくして、ロボットが車椅子を持ってきた。

「よかった。これで河合さんもホールに行けるね」

「ほんとにごめんなさいね。わたしが足手まといになって」

「そんなの気にすることないって」

話しているところに、香澄が戻ってきた。

「詩織さんがいたら、優花さんも元気が出ると思うんですけどねぇ。やっぱり、二人、年が近いし」

「そうそう。詩織さん、どうしたの？　朝からいないみたいだけど」

「わからないんです。どこ行っちゃったんだろう……」

「まさか、グールに……」

「やめてくださいよ。里帆子さん。でも、あとでみんなで館内を調べてみましょう」

たしかに、現状を把握するために、調査は必要だ。誰が死んで、誰が生きてるのか。


朝食のあと、里帆子たちは建物のなかを調べた。A班の生き残りの清水や橋田も出てきて捜索する。それでわかった。まず、二階で遠藤の死体が見つかった。アリス班の男だ。メスの傷あとがあるので、寝ているところを沢井にやられたようだ。

今現在、確実に生きているのは、A班の清水、橋田。

B班は香澄と優花。

C班はアリス、柴木。もう一人、春日井という男がいたが、姿を見ない。

D班の里帆子と河合は二人とも無事。

同じくE班の津原と甘見もまだ両方生きてる。

F班は全滅。G班は不明。

神崎と詩織はけっきょく行方がわからない。

「生存者十人。行方不明三人か」

香澄がうなだれる。

「詩織さん。無事かなぁ……」

「自分だけ逃げだす人じゃなさそうだったよね。もしかして、神崎くんと二人でいるんじゃないの？」

「そうなんですかね？」

「だって、詩織さんって、どう見ても神崎くんのこと」

「里帆子さん。それは気づかないふりするのが大人の礼儀です」

「あっ、そっかぁ」

思わず、香澄と声をあわせて笑ってしまう。こんなときなのに、思いきり笑うと気分がスッキリした。

とにかく、いなくなった詩織たちのことばかり考えていられない。問題は今夜の裁判だ。ゲームに勝つには、今夜、正しい答えを導きだすしかないのだ。


その日の午後、里帆子たちは生き残ったメンバーで、裁判について話しあった。

「あたしたちのなかにいるんだよね？」

「いるはずです」と、香澄。

香澄は持論を述べた。

「これ、前に詩織さんや優花さんたちとも話した内容なんです。わたしたち全員、いちおうアリバイはあるじゃないですか。なのに、グールはわたしたちのなかにいる。ってことは、大人数のグループのなかから、夜中に誰にも気づかれずに外へ出るのは不可能だと思うんですよね。だから、申しわけないんですけど、D班の里帆子さん、河合さん、E班の津原さん、甘見さんが怪しいって」

里帆子はおどろいた。

「えっ？　ちょっと待ってよ。あたし？」

「あっ、でも、里帆子さんと河合さんは違います。手術の前夜、わたしやアリスも看病のために同室しました。そのとき、誰か一人は必ず起きて、朝まで河合さんのようすを見てた。だから、もしも里帆子さんや河合さんがそうだったなら、絶対にバレてるんですよ。なので、同じ理由で、わたしやアリスもグールじゃない。それに、薬師寺さん、柴木さんも手術のあった日、里帆子さんたちと同室だった。だから、違う」

「この二日間は誰かしらが必ず看病についてたもんね」

あわてたのは津原と甘見だ。

「なっ、それはないんじゃない？　僕はグールじゃない。甘見だって違う。いくら二人だからって、夜中にドアがあけば気づくって」

香澄は落ちついている。

「まあ、そう言いますよね。たとえ嘘でも。じゃないと自分たちがグールになってしまうので。だから、津原さんと甘見さんの証言は信憑《しんぴょう》性に欠けるんです」

さらに、香澄は続ける。

「清水さんと橋田さんたちは、A班だから、これも違うと思う。初期のころから印がないか、おたがいに調べたりして、そこらへんはしっかりしてたでしょ？」

清水と橋田はブレーンの木村と、スポークスマンの沢井がいなくなって、自分たちだけではどうしたらいいのか見当もつかないようだ。香澄に言われて、嬉しそうにうなずいた。力ばっかりで、あまり頭のよくない二人だ。

「そう。そうなんだよ。おれたちは夜中、トイレに行きたいときも、必ず誰かを起こして、二人ペアで行くと決めてた。アリバイは完璧だ」と、橋田。

「ですよね。となると、大部屋のC班だった春日井さんもセーフのはず」

「ちょっと待って」と、口をはさんだのは、アリスだ。

「わたしたちの部屋は、そこまで厳密にルールを決めてなかった。だから、夜中に何度か、誰かが外に出てく物音がしてたよ。ほんの数分で帰ってくるし、トイレなんだろうなって思ってた」

ここに来て新証言だ。

里帆子はたずねてみた。

「それって、毎晩じゃないよね？」

「わたしも寝てたから、言いきれないけど。最初のうちは緊張感なかったし、わりと夜中に何度も。一晩に一回はたいてい誰かが外に出てたと思う」

「そうなると話が違ってくるぞ」と、勢いこんだのは津原だ。それはそうだろう。自分がグールにはなりたくない。

「春日井さんだって怪しいじゃないか！」

春日井は男性陣のなかでは最年少だ。たぶん、年齢はアリスたちとそう変わらない。十八、九という感じ。

ただ、目つきは悪いし、ひとことも口をきかないし、なんとなく空気が怖い。チーマーとかなんとか、そういうのなんだろうなと里帆子は思っていた。おまけに今朝は行方が知れない。グールであっても不思議ではなかった。

(怪しいのは、津原くん。甘見くん。春日井くん。この三人か)

しかし、津原は必死だ。

「それ言ったら、島縄手と同室だった神崎さんも怪しい。二人だけだし、ぬけだせたんじゃ？」

「それはムリ。あの人たちはベッドに縛られてたからって、前にも説明したはずだけど」

津原はひきさがらない。

いかにもオタクっぽくて、ひよわだが、力に物を言わせるタイプの島縄手や沢井、薬師寺がいなくなって、急に強気に出るようになった。

「香澄ちゃん。あんたは違うかもしんないけど、じゃあさ。あんたと同じ部屋の人はどうなんだ？だって、二人と三人じゃ、そう違わないよね？」

「まあ、そうなんだけど……」

香澄が折れたので、里帆子は意外だった。

すると、香澄はこう言いだした。

「わたし、一回寝てしまったら朝まで目がさめないから。雷が鳴ってても、ぜんぜん平気だし。夜中のことはわかんない。それに、もしかしたら、詩織さんと神崎さんの二人がいないのは、詩織さんが神崎さんを食べちゃったとも……考えられるよね」

詩織が神崎を……そんなことがあるのだろうか？


詩織が神崎を食べた。

もしそうなら、朝になって二人の姿がないことにも納得できる。詩織がグールで、神崎はすでに死体に――


そのときだ。とつじょ、館内に悲鳴が響きわたった。それは断末魔の叫びだ。ただごとではない。

「河合さん！」

昼食のあと、河合はまた睡眠導入剤を飲んでベッドで休んでいる。ちゃんと鍵をかけているのか心配になった。

里帆子は走った。

部屋の外にかけつけて、ドアノブをまわす。が、ちゃんと鍵がかかっていた。

「河合さん。大丈夫？　河合さん」

するとなかから返事があった。ちょっと寝ぼけたような声だ。数分待って、ようやく、なかからドアがあいた。車椅子の河合が出てくる。

「よかった。生きてた」

「どうかしたの？」

「さっき悲鳴が聞こえたんだよね」

「わたしじゃないけど」

香澄の顔色が変わる。

「優花さん！」

そう。今、ホールにいない人物は河合と優花だけだ。行方不明の詩織や神崎、春日井をのぞけば、だが。

「アリスちゃん。河合さんについててあげて！」

「わかった」

河合は車椅子だから階段をあがれない。アリスと二人をその場に残し、里帆子はかけていく香澄を追う。男たちはひるんでいたが、女の子が真っ先に走っていくのだ。さすがにためらいながらもついてくる。

「ほら、あんたたち。グールが誰にしろ、むしろ昼間のうちに正体がわかったほうが安心でしょ。この人数なら反撃もできないだろうし」

「ああ、うん」

「まあ、そう」

津原や橋田の頼りない返事を聞きつつ、二階へあがる。

さきに到着した香澄が、自分たちの寝室のドアにとびついた。

「優花さん！」

だが、返事はない。

香澄がドアノブをまわすと、ひらいた。鍵がかかっていない。

「優花さん？　さっきの悲鳴――」

言いながら室内へ入る香澄が息をのむ。入口で立ちすくんだ。

「香澄ちゃん？」

里帆子もとなりまで走っていって、なかをのぞいた。見た瞬間に腰から下の力がぬける。こてんと床に尻もちをついた。

「わッ！」

いったい、何がどうなったら、そんなことができるのだろうか？　どう見ても人間の仕業じゃない。

優花は死んでいた。

四肢《しし》をベッドの脚に鉄製の留め具で固定されたまま、そのベッドがまんなかから、真っ二つに折れている。

優花をなかにはさんだまま、サンドイッチだ。完全にピッタリとあわさったすきまから、大量の血と、華奢な女の片腕がはみだしている。その腕には食われたあとがある。顔は見えないが、服の模様は優花のものだ。

「な、な、な……何コレーッ？」

「優花さん！　優花さん！」

香澄が走りよっていこうとする。あわてて、里帆子は香澄の手をつかんだ。

「ダメ。ダメ。なんかわかんないけど危ないよ。アレ、人間の力じゃムリだし。ほんとにグールがやったの？」

「でも、優花さんが――」

「香澄ちゃん。冷静になって。あれじゃもう、生きてないって」

鉄製のパイプベッドの頭部分が、１８０度折れて、残り半分と重なりあっている。そのあいだにいる人間は全身骨折し、即死だろう。

利口な香澄はすぐに察した。泣きながら、外に出る。

廊下には柴木や津原たちが待っていた。

「なか、どう……？」

里帆子は黙って頭をふった。

津原がのぞいてみて、オバケでも見たような悲鳴をあげる。ヒイイイイッと叫びながら壁ぎわまであとずさった。

「な、なんだよ、アレ。な、なんだよぉー！」

「とにかく、手遅れだから、ホールに戻ろう」

頼りにならない男どもをひきつれて、ホールへむかう。

そういえば、階段に倒れていた薬師寺と沢井の遺体はすでになかった。ロボットが運んでいったようだ。

途中でアリスと河合の部屋をノックする。

「アリスちゃん。河合さん。出てこれる？」

「何があったの？」

「優花さんが亡くなった」

「そう……」

また一人、犠牲者が出た。

残る人たち全員でホールに集まったが、みんな放心してしゃべる気になれない。午後の日差しがどんどん傾いていく。ホールには西日は届かないので、四時になると薄暗かった。夜が来る。

「……どうする？　裁判」

里帆子が言うと、それがきっかけになった。

応じたのは、津原だ。

「鬼頭さん、死んでたんですよね？　あれって、グールにやられたんでしょ？　なら、グールはアイツらしかいない。今ここにいない三人のなかの誰かだよ」

たしかに、それはそうだ。

優花の悲鳴が聞こえたとき、ホールにいなかったのは、河合と優花本人だけだった。その直後かけつけると、河合は部屋のなかにいた。そもそも、彼女は階段をあがれない。

だとしたら、考えられるのは、朝から行方の知れない三人のなかに、グールがいる——

「三人のなかで怪しいのは誰だと思う？」

ぽろりと、里帆子はもらしていた。

即座に香澄が答える。

「誰かはわからないけど、詩織さんだけは違います」

「あたしも、そう思う」

だが、そのとき、ふと里帆子の脳裏に妙なことが浮かんだ。詩織たちがどこかにいないか探していたとき、上から下まで全室を見てまわった。紐でドアノブを固定されている部屋は、なかまでは入っていない。つまり、屋根裏は見ていない。同じように、鍵のかかっている部屋があった。あそこも調べてない。

「ねえ、思いだしたんだけど、鍵かかってた部屋。あれって、あたしたちが今、河合さんのために使ってる六人部屋のとなりだよね」

機転の早い香澄はハッとする。

「鍵が……じゃあ、神崎さんって、まだ部屋にいるんですね？」

そう。六人部屋の隣室は、神崎と島縄手の部屋だ。

「神崎さん。部屋にいるなら、なんで出てこないんですか？」

「さあ」

「調べてみましょう！」

香澄が言うので、里帆子たちもついていく。

神崎はなぜ、出てこないのだろう？

ドアの前に立ったが、そこはかとなく悪い予感しかしない。


香澄がドアを叩いた。

「神崎さん。いるんですか？　あけてください。神崎さん！」

応答はない。異様なほど静かだ。内部に人がひそんでいるとは思えない。

「なんとかして、ドアやぶれないかな？　ねえ、あんたたち。体、頑丈なんでしょ？　なんとかしてよ」

里帆子が橋田たちに問いかけると、彼らは首をふった。堅固な鉄の扉をやぶるのは、いくら体育会系の男だからと言っても容易ではない。

すると、チッと舌打ちをついた人物があった。甘見だ。目立たない学生かフリーターのようにしか見えない非力な彼が、橋田や里帆子たちを押しやってドアの前に出る。

ポケットから何かを出した。コンビニに置いてあったクリップだ。なんのへんてつもない針金のクリップ。それを二、三個ケースから出して、ヒョイヒョイとまげたり伸ばしたりしながら鍵穴につっこむ。ものの十数秒で、カチリと鍵のまわる音がした。

「あ、あんた、それ、どろ、ドロボー」

「だからって、おれ、グールじゃない。グールなら、あんたたちに協力してないよ。最後まで隠しとおすほうが断然、有利」

「それはまあ、そうね」

とにかく、これで鍵があいた。神崎が隠れているなら、その理由を聞ける。が——

「あけますよ。里帆子さん」

「うん。あけよう」

香澄と二人でドアをあけた。

もう予測はついていたのだが、やはりだ。

なかには死体があった。

両手じゃないとにぎりこめないほどの太い木の杭で、心臓をつらぬかれている。が、神崎ではない。

「これ、春日井くんだね」

「ですね」

死んでいたのは春日井。

しかも死亡したのは何時間も前だ。看護師だった里帆子にはひとめでわかった。死後硬直が始まっている。

「どういうこと？　神崎くんの部屋で、死んでるのは春日井くん。それも、ほら、これ、アレだよ。よく二時間サスペンスとかでやるやつ。鍵のかかった部屋とかなんとか」

「密室殺人ですね」と、津原。メガネを押しあげて、得意げだ。

「そう。それ。これ、どうやって犯人は春日井くんを殺したの？　いや、違うか。殺したあと、どうやって、この部屋から出ていったの？」

誰も答えない。

どうやってもそんな芸当できそうにない。ドアには鍵。窓は鉄格子がハマっていて、人間の出入りはできない。

うーんと香澄がうなる。

「これ、ふつうにナイフとかで刺されてたんなら、廊下で襲われた春日井さんが、たまたま鍵のあいてた神崎さんの部屋に入りこんで、犯人に追いつかれる前に鍵をかけた。そのまま自分は息絶えたってことで解決なんですけどね」

だが、杭はベッドまで貫通している。ベッドの下に先端がとびだしているのが見えるのだ。

つまり、刺されたのはベッドの上だし、そこから杭をひっこぬいてドアまで行き、春日井自身が鍵をかけるなんて絶対にできない。

香澄はなんとか冷静に推論を構築しようとしている。

「たぶん、神崎さんはこの人が入りこむ前に、部屋からいなくなってたんです。そのあと、春日井さんがグールに殺されたんだろう、と思うんだけど。でも、どうやって部屋からグールが逃げたのか……」

うわぁっと叫びだしたのは橋田だ。

「グールは正真正銘のバケモノなんだ！　鍵穴とか、ドアのすきまからでも出られるんじゃないか？　そうだ。きっとそうだ。人間を食うだけじゃないんだ。わけのわからん力を使う、ほんとのほんとのバケモノなんだーッ！」

精神的な強さに性別は関係ない。ブレインを失って、橋田は恐怖を抑えられなくなったようだ。

わめきながら外へとびだしていった。

「あの人、どこへ行くつもりなのかな？」

「神崎さんを探すんじゃないですか？」

あきれた口調で香澄は言うのだが、そうではなかった。彼はホールへ戻り、天井にむかって訴えだしたのだ。

「裁判だ。早く裁判を始めろ！　グールは神崎だ。神崎を処刑してくれ！」

すると、それを聞いた清水も即座に賛同する。

「そうだ！　神崎だ。神崎が怪しい！」

里帆子は橋田たちを追いながら、香澄と目を見かわしあった。

「違うよね？」

「違うと思いますよ。何度も言うけど、ベッドに縛られた状態で部屋をぬけだすことは不可能なんで。それも両手両足ですよ？」

「橋田くんの言うように、グールになると軟体動物みたいに関節がなくなるとか？」

「それは……ないんじゃないですか？　だって、グールだって人間でしょ？　人肉を食べるだけ。それに、もしも鍵穴から出入りできるなら、そもそも、わたしたち全員のアリバイがなくなります。みんながグールである可能性が出てくる」

橋田はイラだったようすでわめきたてる。

「神崎だ！　神崎を処刑しろ！」

プチ沢井状態だ。

だが、柴木が熟考しながらつぶやいた。

「いや、おれもグールが密室から消え失せるとは思えない。そこには何か、おれたちのわかってない仕掛けがあるだけだ。だから、ここにいない人物がグールだっていう考えは正しいだろう。ただ、神崎くんか結城くんかってなると、神崎くんより、むしろ……」

香澄は沈んだ表情になった。

「やっぱり、柴木さんもそう思いますか？」

「だって、それ以外、考えようがない。ベッドに固定、監禁されていた神崎くんはグールじゃない。なら、残る一人は――」

アリスがあとをとる。

「詩織さんしか……いない」

一瞬、全員が沈黙した。

周囲の人たちの目をうかがいあう。視線がからみあい、グルグルと回転している気分になる。

里帆子は酔いそうだ。

「結城詩織さんが、グールだと思う人？」

その場にいる全員が手をあげた。

第六章　ゲーム終了

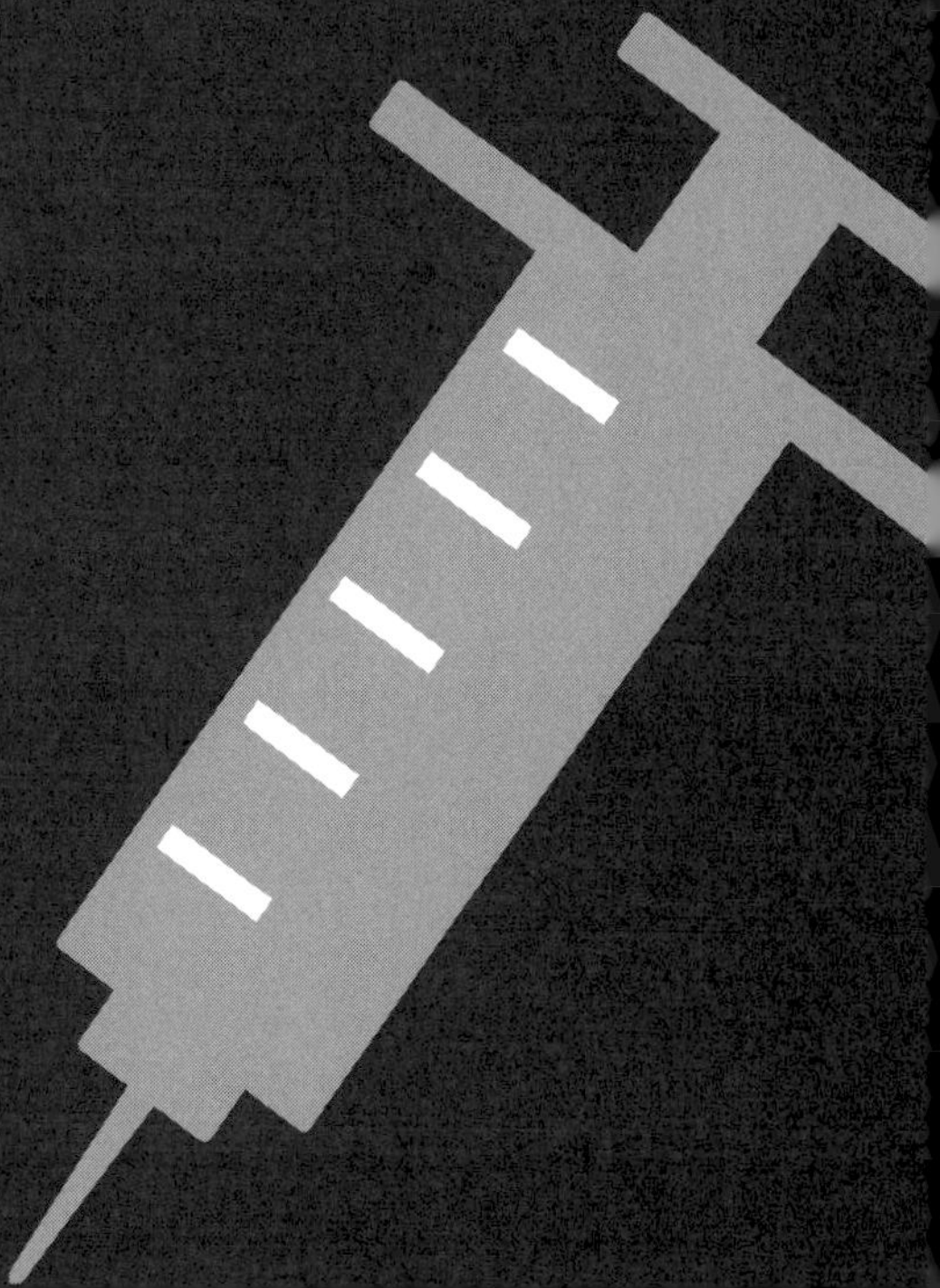

最後の裁判

七日めの夕刻。

時間にしてみれば、まだ五時すぎだ。夕食には早い。だが、みんなの手があがった瞬間に、頭上からいつものアナウンスが入った。

「裁判を始めていいですか？」

「イイって言ってんだろ！　早く始めろ」と、橋田が叫ぶ。

「では、今夜の処分者は、結城詩織。それでまちがいありませんね？」

里帆子や香澄、アリスはそれぞれに悲しげな目をしていたものの、うなずいた。

彼らの論理ではそれしか答えが出ないのだ。

「了解しました。今夜の処分者は――」

そのときだ。

とつぜん、どこかから足音が響いた。奥のエレベーターのほうだ。ちょうどその瞬間、照明がついた。薄暗くなっていたホールが明るく照らされる。光のなかでかけてくるのは、神崎と、それに、詩織。

「詩織さん！」

「神崎くんも。今まで、どこ行ってたのよ！」

香澄や里帆子の問いに、すぐには答えない。二人は息を切らしてかけつけると、開口一番に裁判の進行を止める。

「その決定、待ってくれ！　まだ裁判の正確な時間まで、しばらくある。みんな、おれの……おれたちの推理を聞いてくれ」

里帆子や香澄には異存ない。だが、橋田はさっきから精神が不安定だ。急に血走った目をして、神崎に襲いかかる。奇声を発して、もう正気とは思えない。

神崎は乱暴になぐりかかってくる相手をかるく足をつきだしてころばせる。橋田は頭に血がのぼっているから、とりあえず、甘見と神崎が二人がかりで押さえた。

「グールの正体がわかったんだ。話を聞いてくれたら、必ず、みんなも納得がいく。だから、聞いてほしい」

「お願いします。わたしたちがゲームに勝つには、もうこの裁判に賭けるしかないんです」と、詩織も言う。

「聞いてみようじゃないか」と、柴木がうながす。

津原や清水は何もしないことで承諾している。

神崎は安堵の表情で要求した。

「夕食を食いながらでもいいだろ？　朝から絶食なんだ。おれと詩織さんに食べものをくれ」

ロボットがやってきて、夕食を運んでくる。エビフライとオムレツのついた洋食セット。これが最後の晩餐になるかもしれない食事だ。

誰からともなく椅子にすわり、ぐるりと円を描く。

晩食を味わいつつ、神崎は彼の推理を述べた。

「まず、聞いてほしい。昨夜からのおれと詩織さんの体験を」

「二人とも、どこ行ってたんですか？　てか、二人はグールじゃないんですか？」と、香澄。

神崎は否定した。

「違う。おれと詩織さんがいなくなったのは、深夜にグールに襲われたからだ。屋根裏から手術室のあるエリアへ行って、そこでドアを紐で縛られ、こっち側へ戻ってこれなくなった」

里帆子が口をはさむ。

「二人ともずっといっしょだったの？」

「ああ。それも、こっち側に戻ったのは、ついさっきだ。おれたちがグールではありえない。昨夜から今日のあいだの殺人に、おれたちは物理的に関与できないんだ」

今度は香澄が口を出す。

「ちょっと待ってください。ついさっき帰ってきたのに、なんで、昼間、こっちであったことがわかるんですか？」

「モニターで見てたからだよ。スタッフエリアでは館内のあらゆる場所を見渡せる。個室のなかも一つずつ。それに音声もひろえるんだ。録画されたデータもあった」

「じゃあ、グールの犯行を見たんですか？」

「見た」

アリスがたずねる。

「薬師寺を刺したのは誰なの？」

「それは録画で見た。沢井だ。高塚が早朝になって、部屋から出てきた。そのとき、鍵をあけっぱなしにしたんだな。薬師寺と遠藤は就寝中にいきなり襲われたんだ。高塚はそのあとすぐに階段をおりるあたりで追いつかれた」

「そう……」

里帆子が首をかしげる。

「じゃあ、今朝は誰もグールに食われてないの？　それもおかしくない？」

「一人めのグールはある理由で、必ずしも毎晩、人を殺す必要がなかったんだ」

「どういう理由？」

つかのま、神崎は食事に集中した。ポテトサラダをすごい勢いでパクついているが、そのあいだに思考をまとめているふうだ。

「みんなは疑問に思わなかったか？　このゲームのなかで、ときどき変なことが起こった。たとえば、とつぜんグールが二人になった。今朝だって、密室で人が死んでた。ベッドが半分に折れるなんてのも、人間業じゃない」

香澄があいづちを打つ。

「そこが納得いかなくて。グールになったら、ものすごい怪力になれるとか？　それでも、急にグールが増えた説明がつかないですよね」

しかし、神崎の答えは端的だ。

「グールは軟体動物でも怪力の化け物でもない。ただの人間だ。だが、密室で人を殺せる。人間の胸を杭で打ちぬける。ベッドを二つ折りにできる。なぜだろう？　で、ここで思いだしてほしいんだ。青居が死んだときのこと。青居は部屋に閉じこもってたのに、毒ガスで死んだ。湯浅は天井からおりてきたロープで絞首刑。島縄手はアーチェリーの矢で射ぬかれた。彫像が持ってたアーチェリーでだ」

香澄が考えこむ。

「でも、それって全部、運営がした処刑ですよね？」

「そうだよ。運営が殺したんだ」

香澄はどこかぼんやりしたようすでつぶやく。

「えっ？　それって……まさか？」

神崎は断言した。

「運営のやりかたなんだ。二つ折りになるベッド。天井から突きとおされる杭。どっちも運営の処刑法だ。大仕掛けの力技。つまり、グールは運営サイドの人間なんだ」

＊

しんと静まりかえり、わたしたちは全員、たったいま聞いた神崎の言葉をかみしめる。

グールは運営サイド――

それが何を意味するのか。

わたしもまだ、それを知らない。いっしょに逃げてきたけど、時間の都合で、神崎の推理のすべてを事前に聞かされてるわけじゃない。知らされているのはグールの正体だけ。それだって、いまだに信じられないけど。


香澄が口をひらく。

「運営サイドって、でも……神崎さん。そんなのズルくないですか？　それじゃ、わたしたちにはグールを見つけられません。スタッフはわたしたちの前に出てこないんですよ？　ゲームとして成り立たない」

神崎は首をふる。

「グールはおれたちのなかにいる。じつは、おれの兄はグールウィルスの研究者の一人だった。長いあいだ連絡がとれなくなって、兄の身に何かが起こったんだと思った。だから、おれはこのゲームに参加した。今朝からスタッフエリアを探索して、いろいろ見つけたよ。研究員はほんの数人みたいだ。そのなかの一人がグールなんだ。ほかのスタッフにナイショで、参加者としてエントリーした。なんのためにかは知らない。きっと、そいつなりの目的があるんだろうけど。だから、そいつはおれたちのなかにいながらにして、運営としての特権を駆使できた」

もはや、誰も反論しない。無言のまま、神崎の言葉に聞き入った。

「殺しかたもそうだし、途中でグールが増えた。つまり、グールウィルスを誰かが運営から持ちだせたってことなんだ。島縄手はおれと一室で拘束されていたときまでは、たしかにグールじゃなかった。アイツ、けっこうイビキうるさくて、おれは夜中、何度も目がさめたけど、そのたびに島縄手はベッドにいたよ。気楽に寝られてうらやましいくらいだった。あの夜、女を食ったのは、島縄手じゃない」

神崎は続ける。

「なのに、その日の夜にはグールになってた。そこまでのあいだに、誰かが島縄手にグールウィルスを注入した。薬剤を持ったやつが、おれたちのなかにいる」

「それは、そうだと思う」と、里帆子。

「わたしたち以外の人間って、まったく見ないし、スタッフの代理は全部ロボットでしょ？ ロボットに襲われて注射打たれたら、島縄手くんもさすがに誰かに不満もらしてるよね。だって、怪しすぎる」

「それについては、なんとなく理由も推測ついてるんだ。アリス。島縄手に姉さんを殺されたんだよな？」

「うん……」

「たぶん、それが理由だ。島縄手はああいうヤツだ。ゲームの最中だからって、遠慮はしなかっただろう。女が一人でいれば、安易に襲ってたはず。それがたまたまグールだった。そのとき、グールは自分の身を守るために、所持していたアンプルを注入した。島縄手は少しのあいだ気を失ったんだろうな。気がついたとき女はいなくなってるし、やられた理由が理由なだけに、誰にも言えなかった。本人はもしかしたらとは感じてたかもしれないが。自分がグールにされたんじゃないかって」

それはあまりにも島縄手らしい人物像だ。誰も否定しない。冷静さを失ってた橋田もおとなしく聞いている。

「そのほかにも、グールがスタッフの一人だっていう証拠はある。おれの兄貴が『研究の中心人物は、ゆうきって人だ』と言ってた。名字なのか、個人の名前なのかすらわからない。でも、初日の夜に殺された男。あれがそうなんじゃないかと思ってる」

わたしはハッとした。

「戸田さんですね」

神崎はうなずく。

「戸田。下の名前が裕樹。兄の言ってた『ゆうき』は、戸田裕樹だった」

「ちょっと待って」と言ったのは、甘見だ。

「でもさ。それ、どうなの？　だって、結城さんだって、結城だ」

「でも、殺されてたのは戸田だ。だから、戸田がそうなんだよ」

「なんで？」

「戸田はもともとの定員じゃなかった。グールが個人的に参加してることを知って、あわてて、ひきとめるために自分も参加者を装い、表舞台に出てきた。だからこその三十一人なんだ。ゲームを開催するのに、三十一って、中途半端な数字じゃないか。ふつう、キリのいい人数だろ？」

うーんと、いくつかのうなり声が重なる。

「戸田はさりげなくグールに近づいた。きっと夜中にグールと二人きりになって話したはずだ。そのとき、グールの食肉の発作が起こって殺されたのか、それとも話しあいが決裂して殺されたのかまではわからない。言えるのは、グールの顔見知りだからこそ、初日に死んだってことだ」

わたしは考える。

そう言えば、戸田は自分のほうから、わたしたちに声をかけてきた。グールと接触をはかるためだったのだ。

「ほかにも、部屋の鍵。犠牲者はみんな、鍵つきの部屋にいたはずなのに、あっけなく室内に入られて殺されてる。マスターキーをグールが持ってるんじゃないかな。島縄手がグールになった夜、全滅したF班の部屋に入りこめたのも、グールがその前に鍵をあけて入りこみ、少量の肉だけ食ってたからだ。そのあと開錠された部屋を見つけた島縄手が全員を殺した。柏餅が殺されたのは、もちろん、自分の犯行を屋根裏から目撃されちゃ困るから」

アリスがうなずく。

「たしかに、鍵のこと考えてなかったけど、そうだね。外からあけられるの、変だもんね」

「それに、おれと柏餅が同姓だったのも、グールのせいだ。神崎って、そこまで多くない。たまたま参加者のなかに二人って確率もゼロじゃない。ないけど、なんらかの意図があったと考えるほうが自然だ。参加希望者のなかにその名前を見つけたグールは、それが兄の近親者で、兄から何か聞いてるかもしれないと考え、参加させたんだ。自分にとって致命的な情報を知られているなら、殺してしまうつもりで」

そして、神崎はいよいよ真相に迫る。

「グールは自分が夜中に部屋をぬけだすところを見とがめられないよう、睡眠薬入りの食事を自分の同室者にだけ渡す指示を、ロボットに出してた。それができるのも、グールがスタッフである証拠だ」

みんなの目がわたしに集中する。

あわてて首をふった。

「わたしじゃありません」

それでも、みんなの目は不審げだ。

神崎が口をひらいて人々の注意を集める。

「睡眠薬は、詩織さんに聞いた話から思いついた。詩織さんは毎晩のように金縛りにかかってたって。それはたぶん、睡眠薬を仕込まれたせいだろうなと」

すると、今度は香澄にみんなの視線が集中する。

「えっ？　わたし？　違いますよ。わたしは毎晩、熟睡してたし」

里帆子が言いにくそうに意見を述べる。

「でも、でもさ。同室の人にだけ睡眠薬を飲ませてたんなら、グールはB班の誰かだよね？　優花さんは死んじゃったし、あとは詩織さんか香澄ちゃんしか……」

「ていうかさ。グールって女なんだ？」と、これは津原。

神崎が返答する。

「グールが女だってことは、島縄手の行動からもわかる。それにグールはさっきも言ったようにスタッフだ。この建物のなかの鍵のかかる個室や、ホールなどの共同の場所には、いつでも人を処刑できる仕掛けがある。初日には鍵のついた部屋に寝られて親切だなんて思ったけど、違うんだ。鍵があれば、みんな、そこへ行くだろ？　グールが怖いから。あれはエサなんだよ。処刑装置のある部屋に、おれたちを自然に誘導するための。そして、春日井や鬼頭の死体の状況から考えても、グールは処刑装置を作動できるスイッチを持ってる。いつでも相手を処刑できるんだから、腕力のない女でも、らくに人を殺せる。そうでなくても非力な女なら、たとえば夜中に廊下で出会っても、誰しも油断するだろうし」

たしかに、わたしも一度だけとは言え、トイレを我慢できなくて深夜に外へ出た。そういう言いわけをすれば、誰も怪しまないに違いない。

「それに、ロボットを操作して、睡眠薬入りの食事を任意の人に渡せるなら、その夜にコイツを襲おうと狙いをつけた人物にも薬をまぜられる。寝てるとこに、そっと近づいて殺せば、あっというまだろうな。メスかなんかの鋭利な刃物を持ってれば、なおのこと」

日が刻々と暮れてくる。照明のついたホールは明るいが、ガラスドアのむこうには薄暮がひろがっていた。

そろそろ、本来の夕食の時分だ。最後の裁判の終わる時刻が近づいてる。

「そんなわけで、グールが女じゃないかとは思ってたんだ。けど、誰がそうなのか、おれが確信したのは、二つの点からだ。一つは、グールがB班にいると気づいた理由。それは柏餅の死が関係してる。柏餅は屋根裏から自由に階下のようすを観察できる立場にいた。グールにとって、非常にジャマな存在だ。本来なら、もっと早くに始末されててもおかしくない。なのに、柏餅が殺されたのは、五日めの真夜中なんだ。死体が発見されたのは六日めの朝。ずいぶん遅い。なぜなら、グールもアイツが屋根裏に隠れてるなんて知らなかったからだ」

「たしかにね」と、里帆子が言う。

「あたしたち、誰も屋根裏にあがれるなんて考えてなかったもんね。神崎くんがその柏餅くんの死体を運んできたから、初めて知ったんだよ」

「そこなんだ」と、神崎は指摘する。

「柏餅とおれたちが遭遇したのは、ヤツが死体になる前日だった。でも、その時点では、アイツの隠れ場所をほかのメンバーには言わなかった。柏餅の安全のために。イレギュラーな味方がいたほうが、おれたちにとっても都合がよかったし。なのに、柏餅は殺された。変じゃないか？　だって、柏餅の居場所を知ってたのは、おれとB班の三人だけなんだ。だとしたら、グールはB班のなかにいる」

里帆子やアリスの表情が心なしかこわばる。津原や甘見など、あからさまに、わたしたちから椅子を遠ざけた。いや、香澄から、なのかもしれない。

「昨夜、おれと詩織さんはグールと遭遇し、屋根裏からその姿を見た。女だった。やっぱりB班の誰かだと確信した。詩織さんはとなりにいるわけだし、残る二人のうちどちらかだ。鬼頭優花。そして、市川香澄。この二人のどちらか……」

津原たちがさらに椅子を遠ざける。逆に橋田は香澄をにらんで、今にもとびかかりそうだ。

香澄があわてふためいた。

「ちょっと、やめてください。ほんとに。わたしじゃないです。わたしってJKだから、みんなの前で服ぬげないし、印がないか証明するのも難しいですけど。それに、女子高生が研究スタッフに入れると思いますか？　ハーバード大学をスキップして卒業したわけでもなんでもないですよ？　詩織さんは違って、優花さんは死んじゃって……残りはわたし一人……」

必死に弁明していた香澄だけど、だんだん目つきがするどくなってくる。何かを思いついたっぽい。

「神崎さん。もしかして……？」

「おれはそうだと思ってるよ」

「ですよね。今日のグールの行動は変ですよね？」

「変だ。食うわけでもないのに、なんで急に何人も殺したんだろう？」

津原や甘見が首をかしげる。

「何人も殺したのは沢井だろ？」

「そうだ。沢井だ」

「いや、春日井と鬼頭を殺してる」

「そうだった。春日井はなんのために？　鬼頭は食われて……腕の肉が……」

優花の死体を見た津原は吐きそうな顔をしてる。

「春日井は運が悪かったんだ。おれの身代わりだ」

「というと？」

「おれが兄貴の弟だと薄々、気づいたんだろうな。それに、おれの言動からB班のメンバーが怪しまれてると知った。だから、正体がバレる前に、おれを殺して口をふさごうとしたんだ。夜になって、おれの部屋のベッドに人影が寝てる。それをおれだと勘違いして、処刑装置を作動させた。スイッチさえ押せばいいだけだから、グール自身は外にいた。マスターキーだってあるしな。それで密室殺人になったわけだ。でも、そこに寝てるのはおれじゃなかった」

神崎は難しい顔つきで続ける。

「肝心なのは、そこじゃないんだ。最重要なのは、鬼頭が殺された理由だ」

神崎の次の言葉を全員が待った。

みんなの顔を見まわしたのち、神崎は口をひらいた。

「鬼頭優花はなぜ殺されなければならなかったんだろう？」

「それは、肉を食うためだろ？」と、清水。

だけど、神崎は首をふる。

「肉を食うためだけなら、鬼頭を殺す必要はなかった。すでに春日井が殺されてるんだから。前述のとおり、グールはマスターキーを持ってる。おれの部屋の鍵も当然、それでひらけるだろう。なら、すでに死んでる春日井の肉をかじればいい。そのあと鍵をしめておけば、死体も見つからないし、誰からも怪しまれない」

津原や里帆子がうなずく。

「たしかに」

「だよね」

神崎もうなずき返す。

「なのに、鬼頭は殺された。なぜか？　それはその死が必要だったからだ。今夜は最後の裁判だから、その前に、どうしても自分が死人にならなければならなかった。死人になってしまえば、誰にも疑われない」

ごくりと、誰かのツバを飲む音すら聞こえてきた。

緊迫の数瞬ののち、香澄がささやく。

「グールは……つまり？」

「鬼頭優花なんだ」

優花がグール。

わたしもその事実を受け入れるには、かなりの時間を要した。あの優しい優花がグールだなんて。人の肉を食べることでしか生きられない化け物……。

「ちょっと待ってよ」と言ったのは里帆子だ。

「でも、それ、変じゃない？　そもそもグールがスタッフだって言うのがさ。ゲームの経過を観察するために、スタッフがエントリーしたとしてもよ？　なんで、わざわざ自分にグールウィルスを打たせるの？　そこはロボットをあやつって、自分にだけはウィルスが来ないように細工するんじゃない？」

それはそうだ。誰だって人肉を食べる化け物になんてなりたくない。さけられるものなら、さけるはずだ。たとえ、アンプルをランダムにセットしたとしても、自分にだけ来ないようにすることは、スタッフなら容易だ。

神崎は明言する。

「あのときのアンプルは全員、ただのビタミン剤だったんだ」

「えっ？」

「なんで？」

アリスや河合も不思議そうだ。柴木も肩をすくめてる。神崎は続けた。

「スタッフがグールになる必要なんかないよ。でも、事実、スタッフがグールだ。ということは、考えられるのは、ただ一つ。鬼頭はもともと、このゲームが始まる前にグール化してたんだ」

「えっ？　それ、どういう？」と、津原。

「だから、スタッフみずから人体実験になったんだろ？　それか、もともとグールウィルスは鬼頭のために作られたものだったか」

神崎は説明する。

「スタッフエリアを見てるときに、死体安置所に入った。そこの死体は何度かにわけて食べられてた。傷跡の古いのと新しいのがあった。しかも、そのうち一人は、保管の日付がゲーム開始日の午前中なんだ。つまり、鬼頭はゲームに入る前から人肉を必要とする体だった。遺体を冷凍保存して、小分けにして食べていた。それも最初のルール説明のように、毎日一回、食べなくてもよかったんじゃないかってふしがある。たぶん、鬼頭はすでに特効薬を打ち、グールウィルスとの共生があるていどなされてる。だから、食肉の欲求をコントロールできる。制御不能なのは特効薬を打つまでなんだろうな」

里帆子が理解できないという顔で質問した。

「でも、優花さん。死んでるよね？　自分に疑いをかけられないためだからって、死んだら終わりじゃない？」

それに対して答えたのは香澄だ。

「そこが違うんです。今日のあの殺人は、言わば目くらましです。みんなの注意を自分からそらすための。わたしたち、誰も死体の顔を見てないですよね？　服のもようが優花さんのものだったから、優花さんだと思った。でも、服は着替えさせられるし、優花さんがスタッフなら、自分の代わりになる死体を安置所から運ぶことはできました。それに、あの時間、わたしたちはみんないっしょにいたから、自由に行動できたのは河合さんと優花さんだけなんですよ。春日井さんはじっさいはその時間、とっくに殺されてた。詩織さんと神崎さんは二人行動。だったら、車椅子でしか動けない河合さんは除外で、残るのは優花さんだけなんですよね」

里帆子はうなる。

「もしかして、優花さん。そのために一人になりたがってたの？」

「そうだろうな」と言って、神崎は天井を見あげた。

「そうだろ？　鬼頭。おまえは死んでない。おれたちの話を、ずっと聞いてたんだよな？」

アナウンスは何も答えない。

でも、間違いはないはずだ。

神崎の推理は完璧だ。聞いていたわたしもそう確信した。

放送の反応はない。

だけど、神崎はここで宣言する。

「今夜の処分者は、鬼頭優花。あんただ」

みんなの手があがる。

グールの奸計

神崎の声が鋭利に空気をつらぬく。

「今夜の処分者は鬼頭優花、あんただ」

どこからも応えはなかった。

そのまま、五分。十分……。

じれたのか、津原が何か言おうと口をひらきかけたとき。

「……処分者は鬼頭優花。それで間違いないですね？」

アナウンスを聞いて、わたしは息をのんだ。

グールは優花。ベッドでつぶされた遺体は別人のもの。本人はまだ生きてる。

そう聞いても、心のどこかで信じきれてなかったのだ。あの優花がグールであり、連続殺人犯だなんて。

だけど、ボイスチェンジャーを外したアナウンスは、たしかに優花のものだった。

いや、もともと、これまではただのＡＩによる人工音声だったのかもしれない。

「優花……ほんとに、あなたがグールなの？　どうして、そんな……」

すると、ホールの中央にある柱の前に、シネマスクリーンがおりてきた。画面に優花が映ってる。

「館内はＬＡＮでつながってる。接続許可のあるスマホやパソコンなら、ネットが通じるんだ」

と、神崎が早口につぶやく。

「鬼頭がロボットをあやつったり、処刑のスイッチを入れるときには、自分のスマホを使ってたんだろう」


優花は無視して語りだす。

「わたしはグールウィルス研究の関係者だった。でも、研究員じゃない。わたしは裕樹の患者だったの。十六歳のときに交通事故で、体の一部を欠損したのよ。裕樹はそのころ、まだ医師になりたてで、わたしが担当についた最初の患者だった。わたしたち、すぐに恋におちた。だから、裕樹はわたしのために、再生治療の研究を始めたの。もちろん、かんたんにはいかなかった。苦労や失敗の連続だった。何年も何年も。でもね。ついにできたのよ。グールウィルスのほんとの名前はＲＴＲ。リザードテイル・レザレクション。欠損部位に注入すると、体内で急速にある酵素が作られる。ＩＰＳ細胞の分化と未分化の原理でね。その酵素は欠損かしょに働いて、喪失した部位を新たに構築する。まるで切断されたトカゲの尻尾がまた生えてくるように。わたしはそれによって、失われた体の一部をとりもどした」

酔うように優花は話し続ける。その目には恍惚の光があった。が、とうとつにその色は消えた。優花の語調が暗くなる。

「わたしたちは歓喜した。これで生涯、二人、同じ景色を見れるねって。なのに、ＲＴＲには問題点があったのよ。たしかに欠損部位は復活した。だけど、特殊なタンパク質を定期的に摂取しなければ、復活した部位から体細胞が壊死していく。放置すれば、壊死はやがて全身におよぶ。だから、そう。人肉を食べないと。そういう体になってしまったの」

それは悲劇だ。

たった十六で体の一部を失う。それだけでも、かなりのハンディキャップを背負う。

苦労のすえに失われたものをとりもどしたと思ったのに、それを維持するためには人の肉を食べなければならない。

いや、喪失したものだけではない。その部分から周囲も腐る。放置していると、自分の体がどんどん腐っていくのだ。若い女として、それほどの恐怖があるだろうか？

「……だからって、なんのためにこんなゲームを？　たくさんの人が亡くなったよ？　みんな、生きて帰りたかったはずなのに」

優花を責めるつもりじゃなかった。ただ、わたしの知る優しい優花が、こんなことをするなんて信じられなかったのだ。

スクリーンのなかの優花がこわばった。

「……あんたなんかに何がわかるの？　わたしが事故で何を失ったかも知らないくせに」

「でも、優花――」

「ウルサイッ！」

急にプツンと画面が暗くなる。

「待てよ！」と怒鳴ったのは橋田だ。

「おい！　裁判はどうなったんだ？　おまえ。自分が選ばれたからって、ごまかすなよな！」

画面は消えたものの、館内放送はつながっていた。

「では、本日の裁判。処分者は鬼頭優花ですね？」

すると、とつぜん、神崎が反応する。ガタンと椅子から立ちあがり、何かを口走ろうとした。

でも、そのときには橋田が断言していた。

「だから、そうだってずっと言ってんだろ！　早くしろって！」

「ダメだ！　アイツ――」

かんだかい笑い声が不気味に響きわたる。建物がゆれたようにすら感じた。

里帆子や香澄が不安そうにあたりを見まわす。

「何？　どうしたの？」

「優花さん……」

優花の声が勝ち誇って告げる。

「残念。鬼頭優花はもう死んでるのよね。今日の裁判はおしまい。じゃあ、わたしは明日の夕方まで逃げ続けるから。あなたたちの負けね！」

交信の切れる音がした。

わたしたちは呆然と天井をながめた。

鬼頭優花は死んでる……。

いったい、どういうことなの？


最後の裁判が終わった。

神崎の推理は正しかったはずだ。なのに、鬼頭優花はすでに死んでるという。

立ちあがったのは橋田だ。神崎の前まで歩みよると、いきなり胸ぐらをつかむ。

「なんでだよ？　鬼頭は死んでるって？　おまえの言うとおりにしたら、失敗だったじゃないかよ。最後のチャンスだったんだろ？」

神崎は侮蔑的な目で橋田をながめる。

「あんたよりグールのほうが数段、利口みたいだな。あいつの本名は鬼頭じゃなかった。それだけのことだ」

わたしも気になったので、そっとたずねてみる。

「なんで？」

「おれが前にやったのと同じ手だよ。柏餅の名札使って、他人の名前をおれのだと信じこませた。鬼頭は——ほんとの名前わからないから、これまでどおり鬼頭って呼ぶけど——ゲーム前から、万一のために仕込んでたんだ。このゲームでは本名さえ知られてなければ、処刑されない。グールの場合、そいつは負けないってことになる」

「優花は偽名でエントリーしてたの？」

「いや、正確に言えば、本名というより、ここのメインコンピューターに登録された名前と顔が一致してなきゃ、処刑されないんだろう。二日めの朝に死んでた女。名札をつけてなかった。あれがほんとの鬼頭優花なんだ。参加と同時に襲われて、殺されたんだろうな。グールはその鬼頭の名札をつけて参加してた……そういうことだ」

「でも、神崎さん。最初の夜、注射を打たれるときに三十一人いたって話してましたよね？」と香澄が問う。

「あのときはみんな椅子にかけて、ぼんやり半睡状態。一人、すでに死体になってても誰も気づかないだろ？」

たしかにそうだ。そのあと二度めに目がさめたときには、死体はすでにロボットによって片づけられてたのかもしれない。椅子の数が朝には三十になってたのも、本物の鬼頭優花の死体と同時に椅子も除かれたから……。

「じゃあ、優花さんの名前が間違ってたから、処刑が無効になったんですか」と、香澄はもう落ちつきをとりもどしてる。

「それって、アレですよね？　前に言われてた延長戦。自分たちでグールを倒せってやつ」

橋田はそれを聞いて気をとりなおした。頭を使う複雑な問題より、彼には簡潔な答えのほうが好ましいらしい。恐ろしいことを平気で言う。

「グールを殺せばいいんだな？」

神崎はうなずき、断定した。

「さっきのスクリーンに映った場所は、スタッフエリアの制御室だ。館内の監視カメラの映像をすべて見られて、それらをコントロールする大型のコンピュータがあった。あそこにグールはいる」

「すぐその場所に行こう！」

橋田は言うが、里帆子は首をふった。

「それ、ムリよ。前にも館内を調べまわったけど、スタッフエリアと参加者エリアは完全に仕切られてて、こっちからはむこうに行けなかったじゃない」


でも、神崎は早足でエレベーターのほうへ歩きだす。全員に手招きした。

「行こう。なんのために、おれが夕方まで、あっちでねばってたと思う？　制御室のコンピュータいじって、おれと詩織さんだけはエレベーター使えるようにしといた」

そうなのだ。本職かと思うくらい巧みにあやつって、神崎はアレコレしてた。何をしてるのか聞いても時間がないからと教えてくれなかったんだけど。

エレベーターでの移動なら、河合も行ける。車椅子はアリスが押す。

全員で走りだしたときだ。

こっちの行動を、優花がモニターで見てるんだろう。

とつぜん、金属のすれあう激しい音がした。ブンッとものすごい風圧がわたしの背後を通りすぎていった。

悲鳴がいくつかあがる。

「危ない！」

声がして、ふりかえったときには、河合が立ちあがるところだった。そして、ソレ、の直撃を今しも受けようとするアリスを、車椅子ごと思いきりつきとばす。

「河合さん！」

「河合さーんッ」

わたしは叫んだ。里帆子も。香澄は声も出ない。アリスは床に倒れたまま、まだ何が起きたのかわかってない。

エントランスホールの天井につりさげられた鉄の案内掲示板が、振り子みたいに大きくゆれてる。車椅子が真っ二つに切断された。河合は半分に切り裂かれこそしなかったが、空中になげとばされ、ゆうに十メートルは飛んだ。そのままの勢いで床に叩きつけられる。

恐怖の叫びをあげて、橋田や清水は逃げていった。津原や甘見も遠まきにして近よろうとしない。

「河合さん……？」

ようやく、アリスが起きあがった。

掲示板はまだゆれてるけど、さほどのスピードはない。

わたしも河合のもとへ走った。

河合はうつろな目をしていた。だけど、アリスを見つけて微笑む。

「あなたは……生きて……」

「河合さ……」

河合は息をひきとった。

最後に誰かの名前を呼んで。

そのおもてには聖母の笑みが刻まれていた。

幕間　黒野瑠璃羽

館内放送のスイッチをオフにすると、なぜか、とうとつに昔の思い出がよみがえった。まだ十五歳の自分が、友達と笑いあっている。あのころはすべてが輝いていた。


「瑠璃羽《るりは》、高校に入ったら、何部にする？」

「華菜《かな》は？」

「うーん。わたしはバイトして、服買いたいんだよね。帰宅部でもいいかなって。瑠璃羽は？」

「わたしもう決めてるんだ」

「えっ？　どこどこ？」

「演劇部！」

「ああっ、前から言ってたもんね。俳優になりたいんだっけ？　ルリ」

「うん」


子どものころからの夢だった。

ルリちゃんはほんと可愛いねと、まわりの大人は褒めそやし、お人形みたいとか、大人になったらアイドルになればいいなんて言われた。そのせいもあったのかもしれない。あるいは、家が裕福だったので、母といっしょに舞台や映画をよく見に行ったせいか。

物心ついたころには、いつか自分も舞台の上で光り輝くお姫さまになりたいと、本気で願っていた。


高校入学し、演劇部に入った。夢を叶える第一歩。目立つ美人で歌もうまい、演技も堂々としてる、一年生とは思えないと、顧問の先生に絶賛された。

「秋に高校生が作る映画コンテストってのがあるんだ。黒野、主役やってみないか？」

「でも、わたし、一年だけど、かまわないですか？　先輩のほうが実力があるし」

「黒野がカメラの前に立つと、パッと人目をひきつけるんだ。先生は黒野がふさわしいと思うよ。それに、審査員には有名な映画監督もいるんだ。黒野は俳優になりたいんだろ？」

審査員の名前を聞いて、一も二もなく承知した。日本人なら知らない人はいないほど高名な監督だったのだ。

「わたし、やります」

「そのかわり、夏休み返上になるな。みんなも力をあわせて、がんばろう」

もっとも輝いていた、あの夏。

ハンディカメラや手作りのレフ板を使ってではあったが、街頭でロケをすると、通行人がみんな、ふりかえっていった。

「あれ？　芸能人？」

「いや、違うんじゃないか」

「でも、スゴイ可愛い子がいるな」

そんな声も聞こえた。自分の成功が約束されてる気がした。部員たちもみんな、瑠璃羽の演技を褒めてくれたし、両親はその夢を応援してくれていた。翳《かげ》りなどよりつくすきもない。幸福なことだけがあふれた人生――


だが、それがあの日、一変した。今にして思うと、ロケのあいだ、やけに何度も出会う気持ち悪い男がいた。撮影が楽しくてあんまり気にしてなかったが、あれはストーカーだったのだろう。

一度だけ休憩時間に声をかけられた。瑠璃羽から見たら、父親より年上だ。冴えない中年男。部員に呼ばれたので、そのまま無視して立ち去った。それだけのことで恨まれたのだ。今なら、わかる。しかし、あのときはまったく意に介していなかった。瑠璃羽にはそんな男、空気みたいなものでしかなかった。

だが、その日の帰り道。横断歩道で信号が青になるのを待っていたとき、とつぜん、背後から強く押された。目の前に猛スピードでトラックが迫った。ドライバーのハッとする顔が網膜に焼きつく。両眼で世界を見た、それが最後の光景になった。

気がつくと病院。瑠璃羽はすべてを失っていた。つぶれた片目とちぎれた右腕。内臓破裂で卵巣と腎臓も一つずつなくした。俳優になるという夢は、喪失したものとともに粉々にくだかれたのだ。

それまで、ただの一度もほんとの不幸にあってきたことなどなかった。人生は幸せで、ぬくぬくと快適で、いつだって自分の思いどおりに行くものだった。

見舞われた不幸の大きさに絶望し、リハビリもせず、虚しく病窓から外をながめ、ただ生きているだけの物体になりさがった。毎日、無意味に長い時間だけがすぎていく。

それが、このあと何十年も続く、瑠璃羽のこれからの生涯……。


そこから救いだしてくれた人がいた。彼と二人だから、もう一度、前をむけると思ったのに。

また失ってしまった。

もう何もない。

瑠璃羽のなかには何もない。透明なヌケガラ。


でも、なぜだろう?

なぜか、友達と笑いあっていたあの日々の思い出に、この数日が重なる。

詩織や香澄と毎日いっしょに寝て、いっしょに食事して、グールが誰か推理するのも不思議とイヤじゃなかった。自分がソレだとわかれば、間違いなく殺されるのに。

兆候を見つけるために、おたがいの裸を確認しあうのだって楽しかった。

「わあっ、優花さんって、もしかして、オッドアイ？　光が透けると、右目だけブルーグレーっぽく見えますよ。スゴイ。キレイ。うらやましい！　ねぇ、詩織さん？」

「優花は美人だから。スタイルも抜群だし、ため息が出るよ」

「アゲハ蝶って感じですよね」

はしゃぐ香澄と、微笑む詩織。

「はいはい。二人とも。このあと、おばさんがぬぐんだから、ハードルあげない。なんでこんな若い子ばっかなのよ。ここは女子校の合宿所かっての」

「里帆子さん、引率の先生みたい」

里帆子やアリスもクスクス笑っていた。

なくしたものが帰ってきたような、そんな気がしたが……。

しかし、光に透けて色が変わる目は、ＲＴＲが再生したからだ。グールの証にほかならない。

(わたしはあなたたちの敵なのよ)

もう逃げださないと、まもなく、詩織たちはここへ来る。瑠璃羽を殺すために。逃げてしまえば、瑠璃羽の勝ち。わかっている。わかってはいるのだが、なぜこうも胸が痛むのだろう?

決着

「ここは危ない。どこに仕掛けがあるかわからない」

神崎がみんなをうながす。

わたしはアリスの手をひいて立ちあがらせた。

「行こう。河合さんは、あなたに生きてって言った」

アリスは涙をぬぐってうなずく。

「スタッフエリアまで行けば、仕掛けはないはずだ」

神崎の言葉に励まされて、わたしたちは走った。

その気力をそぐように、前方で大声が聞こえてきた。悲鳴だ。エレベーターへさきにむかったのは、橋田と清水のはず。

かけつけると、エレベーター前で二人がロボットに首をつかまれて、体ごと持ちあげられてた。ロボットの口がパカリとひらく。ピリピリと青い光を散らすスタンガンみたいなものが、そこから出てきた。清水と橋田の顔がひきつる。

「や、やめろ……」

「うわあああーッ！」

スタンガンの先端が二人の皮膚にふれた瞬間、大きく体がそりかえる。全身が白い光に包まれて見えた。

しばらくケイレンしたあと、ロボットがアームをひらくと、二人の体はボトンと物のように落ちる。即死だ。心臓麻痺を起こしたに違いない。

「こっち来るよ。どうすんのぉ？」

里帆子ですら情けない声であとずさる。

神崎が前に立った。

「おれと詩織さんはスタッフとして登録しなおしてある。襲われないはずだ。詩織さん、おれといっしょにロボットを押さえて」

「……わかりました」

怖かったけど、神崎を信じるしかなかった。ロボットは二体だ。ちょうど、神崎とわたしで抱きとめれば、そのあいだにみんながエレベーターに入れる。

「やめろ。おまえたち。参加者を襲うな」

神崎が言うが、ロボットたちは言葉での命令を認識しているふうではない。あるいは、命令系統の優先順位があるのかもしれない。きっと、コントロールルームからの命令が最優先なのだ。

エレベーターのドアは、神崎がボタンを押すとひらいた。

ロボットはたしかに、わたしがとびついても攻撃してこない。困ったように、じっとしてる。

どうにか全員がエレベーターに乗れた。

「みんな、さきに四階へ行ってくれ。コントロールルームがそこにある」

里帆子がうなずき、エレベーター内部のボタンを押す。ドアが閉まると、ロボットたちはおとなしくなった。

「神崎さん。ほかの人たちも登録しなおせなかったの？」

「生体認証がないとできないんだ。大丈夫。グールを始末すれば、ゲーム終了だ。参加者の勝利が確定すれば、もう処刑装置は動かない」

グールを始末……それは優花を殺すという意味だ。

そんなこと自分にできるだろうか？　人を殺すなんて？　ましてや、相手は優花……。

いや、あれは人じゃない。人間を食べる化け物だ。

そう思いこもうとするけど、心がゆらぐ。香澄と三人ですごしてたときの優花は、ほんとに優しかった。それに楽しそうだった。

十六歳で事故にあったあと、彼女はふつうの暮らしなどできなくなっただろう。学校にも、行きたくても行けなかっただろう。友達や家族とはどうなったのか？

青春のすべてを一瞬で失った彼女にとって、ゲームのなかの偽りの関係とは言え、同年代の女の子同士でのおしゃべりは、やすらぎになったんじゃないかと思う。

でも、もうここから出ていくには、それしか方法がない。優花を殺すしか……？

「ねえ、神崎さん。一階から外に出られましたよね？　あそこから、みんなで逃げるっていうのは？」

「建物から出ても、ロボットが追ってきたらムダだ。ゲームに勝利しないと生き残れない。それに、さっきはおれたちがスタッフエリアに入ったこと、鬼頭は気づいてなかっただろうけど、今はそうじゃない。さすがに建物の出入口は全部、施錠してるだろうな」

それは当然か。

思案してるところに、エレベーターが戻ってきた。神崎とそれに乗り、ロボットを置き去りにして、四階へあがる。

ドアがひらいた瞬間、わめき声が響いた。

今度はなんだろう？　まだ何かあったのか。優花が別のロボットを、四階にも呼んでたのか？


急いで、声のするほうへ走っていった。廊下の途中で何人もかたまってる。

その前にひときわ目立つ巨躯が立ちふさがっていた。

「なっ――」

絶句して、それ以上、声が出てこない。

信じられないが、そこにあの人がいる。それはすでに死んだはずの人だ。

「神崎くん。あれ……？」

「薬師寺、だな」

なぜ、今ここに、薬師寺がいるんだろうか？

昼間、モニターで見ていたけど、薬師寺は沢井に刺されて死んだ。

神崎は言う。

「死んでなかったのかもな。おれたちはその場で、アイツの脈が切れたことを確認したわけじゃないから」

「でも、あれだけの怪我だよ？　血がたくさん……」

神妙な顔つきで、神崎はとても気がかりな内容を述べた。

「……さっきの鬼頭の説明、思いだして。人間の欠損部位を復活させるって、リザードテイル・レザレクション。切断された手足が生えてくるんだ。ふつうの切り傷なんて、数分で治ってしまうんじゃ？」

「それって……」

「沢井に殺される前に、薬師寺は鬼頭からグールウィルスを植えつけられてた」

認めたくないけど、そうなんだろう。

薬師寺は血に飢えた狼の目をしてる。


薬師寺は死んだわけじゃなかった。瀕死《ひんし》だったが、グールウィルスの力で蘇った。グールとして。

「グールウィルスは肉体の一部の再生能力を持つ。でも、脳死、心停止を得ると蘇生はしない。薬師寺は完全に死ぬ前に傷がふさがれたんだな」

そんなふうに神崎が説明してくれる。でも、それはありがたい情報ではなかった。

「薬師寺さんがグールって、誰があの人、止めるの？」

「誰にも止められない」

マズイことに、薬師寺はグールの食肉欲求の最中だ。今しも、アリスや里帆子たちに襲いかかろうとしてる。

「やめて！　薬師寺！」

アリスがなんとか止めようとするものの、その声にも耳を傾けるようすがなかった。

「逃げるんだ！」と、神崎は言った。

薬師寺は鍛えた体格だし、グールの食肉本能はとても強烈だという。こうなってしまうと、逃げるほかない。

廊下は一本道。コントロールルームはすぐ近くなのに、その前に薬師寺が陣どってる。たぶん、そのために、わざと優花が配置したんだろうけど。

キャアキャアと悲鳴をあげる香澄や里帆子の背後で、ヒイイッと悲鳴をあげて、津原が這っていく。自分だけ反対方向に逃げようとする。

「香澄ちゃん！」

香澄が腕をつかまれた。危ない。河合と同じになってしまう。島縄手に食われた河合の足は肉がえぐりとられ、骨がむきだしになっていた。

するとそのときだ。アリスがポケットから何かをとりだした。すばやく、香澄と薬師寺のあいだに割りこむ。うおおッと薬師寺が咆哮し、彼の指が数本、切りおとされた。アリスがメスをにぎってる。沢井が持っていたやつだ。

「香澄、逃げて！」

「でも――」

アリスの目には戦闘の意思がこもっていた。

「里帆子さん。香澄をつれていって！」

「う、うん……」

里帆子が香澄の手をひいていく。

「詩織さん。さきに彼女たちとコントロールルームへ行ってくれ」

神崎に頼まれた。香澄たちだけでは制御室のドアをあけられない。

神崎はカッターナイフをとりだして、アリスの加勢に行く。

切られた指を押さえてうなる薬師寺のよこを、わたしはすりぬけた。

だけど、アリスと神崎が心配だ。

薬師寺は戦いなれた人間みたいだ。腕力も強い。素手で沢井の首をへし折った。

ふりむくと、二人がかりでも苦戦してる。

アリスが泣いていた。メスをにぎる手がふるえる。それは恐怖というより、悲しみからだろう。

ほんとは薬師寺を傷つけたくないのだ。

「ごめん。ごめんね。薬師寺！」

叫びつつ、アリスはメスを薬師寺の胸にさしこんだ。致命傷じゃない。心臓から遠い。肩口あたり。

薬師寺は片手でアリスをなげとばす。壁にぶつかるアリスの足を薬師寺がつかむ。今度はアリスを食べようとしてる。その人を守るために命をかけると言ってたのに。

ところが、アリスの足にかみつこうとした瞬間、薬師寺のようすがおかしくなった。じっとその顔を見て、急にふるえだす。

「お……お嬢……逃げ、ろ。早く……」

必死に食肉の本能を抑えこんでる。神崎がアリスの手をつかんで走った。

「神崎くん！　アリスちゃん！」

「詩織さん。コントロールルームのドアを！」

わたしはコントロールルームへとびついた。ドアは生体認証でひらく。

機械だらけの部屋のなかへ、いっせいにかけこむ。香澄、里帆子、柴木、わたし、神崎とアリスの順番。津原と甘見の姿はない。

追いかけてきた薬師寺の鼻先で、ドアは閉じた。ううと獣のような声が遠ざかっていく。しばらくして、男のわめき声が聞こえた。津原だ。薬師寺に襲われてる。

でも、助けるゆとりはない。

室内には、優花がいた。いや、ほんとの名前は違うらしい。でも、わたしが知ってるのは、ここで数日をすごした優花だ。

「優花」

「コンピュータに細工してるなんて、ほんと油断ならない人」

わたしは一歩、ふみだす。

「優花。もうやめて。ほんとはこんなことしたくないんでしょ？」

「ウルサイって言わなかったっけ？」

「たしかに、わたしには優花の気持ちはわからない。でも、じゃあ、なんで優花はわたしをこのゲームに参加させたの？　まだ記憶の全部は思いだせないけど、わたし、少し夢で見たんだよ。交通事故にあって最初に気がついたとき、優花が女医として、わたしの前に現れたよね？　でも、優花が医者じゃないなら、あれはなんでだったの？　あそこ、優花が入院してるとこだったんでしょ？　自分と同じ年代のわたしと話してみたかったからじゃないの？　ずっと病院暮らしで友達がいなかったから。だから、記憶喪失のわたしをこのゲームにエントリーさせたんだよね？　たぶん、入院の書類にまじってサインさせて。ゲームのなかで、友達としてすごしてみたかったから」

優花は答えない。

でも、にぎった手がふるえてる。

「ほんとはただ、ふつうの女の子の生活をしてみたかっただけだよね？　そうなんでしょ？　もう、やめようよ。わたしたちを帰してくれるなら、あなたのことは黙ってる」

優花が答えないので続けた。

「だって、優花。ほんとはわたしや香澄ちゃんを殺す気ないよね？　モニターを見れば、わたしたちがスタッフエリアに来たってわかったはず。ほかの場所に逃げてしまえば、わたしたちがあなたを探すのは難しかったよ」

「……」

「それに、わたしと神崎くんが屋根裏から逃げだして、みんなのいる場所に戻ろうとしてたとき、スタッフ用の裏口のドアがあいてた。スタッフ側まで参加者が行くはずないから油断してたんだって、神崎くんは言ったけど、わたしは違うと思う。あれはわざとだったんじゃないの？　ほんとは止めてほしかったから――みんなを殺すことを止めてほしかったから、わざと開放してた。そうなんでしょ？」

優花の瞳から、涙がこぼれおちてくる。


「……そんなんじゃない。ただもう、どうでもいいだけ。裕樹を殺してしまったから。わたしが生きてる意味はなくなった。

もともと、このゲームはわたしが遠慮なく生の肉を食べられるようにって、裕樹が計画してくれた。病院で出る死体から、死肉を少しずつ盗めたけど、それだけじゃ良質なタンパク質は得られない。やっぱり、なるべく鮮度のいいほうが、壊死を抑える効果も高い。ほかのスタッフはみんな反対した。そんなゲームは非人道的すぎるって。だから、いなくなってもらったの。わたしと裕樹だけいればいい。特効薬の研究だって、わたしたちだけでできる」

「殺したのか？」と言ったのは神崎だ。

「研究員を全員、殺したのか？」

優花は無機質に答える。

「裕樹以外の人たちは、殺すか、わたしと同じものにしてやった。長く入院してると、注射の打ちかたくらい見よう見まねでわかるのよね。皮下注射は静脈注射ほど難しくないし。アンプルはこっそり盗めばよかった」

さすがに、神崎もカッとした。

「兄貴はどうなった！」

「会いたければ、会わせてあげてもいいけど。でも、来ないんじゃないの。わたしと同じ化け物になってしまったことを恥じて、人前には顔を出せない」

神崎の兄はグールにされていた。生きてはいるが、生きながら死んでるに等しい。

「クソッ！」

神崎はこぶしで壁をたたく。

だけど、優花の心にその音は響かなかったようだ。

「だって、わたしの体がこうなってから、あの人たちはみんな、わたしを実験体としてしか見なくなった。人の肉を食うグール。手足が切れても再生する。そのくせ生きながら腐っていく化け物だって。毎日、ツライ実験をされた。肉をそがれて、再生するまでの時間をはかったり……そんな人たちに、わたしの気持ちをわからせてあげただけ。何が悪いの？」

わたしは息をのんだ。兄を案じる神崎の気持ちもわかる。でも、それはあまりにひどすぎる。

優花だって、好んでグールになったわけじゃないのに。

「あのとき、裕樹との話しあいがこじれて、興奮しすぎちゃったんだろうね。いつもはかんたんに制御できる食肉衝動が抑えられなかった。気がついたら、裕樹を……」

そう言えば、初日の夜、悲鳴でわたしたちがとびおきたとき、優花は泣いていた。あれはただ、グールが怖かったからじゃなかったのだ。

わたしたちは悲鳴のあとすぐに起きた気がしてたけど、睡眠薬のせいで、きっと思ってたより時間が経過してから目をさましたに違いない。あのときには、すでに優花は部屋に帰ってた。


「だから、もう、どうでもいいの。何もかも終わりにして……」

言いながら、優花は目の前のパソコンのエンターキーを押した。そのとたんに、館内にビービーとアラームが鳴り響く。

「な、なんなの？　あれ？」と、里帆子。

香澄もうろたえる。

「なんか水音しますよ？」

すると、いつもの機械音声で警告があった。

「火災が発生しました。館内にいる人はただちに避難してください」

モニターを見るけど、どこにも火の気は見えない。かわりにスプリンクラーの水がいたるところから滝みたいに噴出していた。地下や階段前などは、防火シャッターが次々おりてくる。スプリンクラーの水量が尋常じゃないので、みるみるうちに廊下や室内が水につかっていく。このままじゃ建物内部は水没してしまう。

優花は建物ごと、ここにいる人たち全員を溺死させるつもりなのだ。自分自身をふくめて。

「逃げるんだ！」

神崎が叫び、ドアをあけた。とたんに制御室のなかへも水が流れこんでくる。

「優花。いっしょに逃げよう？」

わたしは手を伸ばした。やっぱり、ほっとけない。憎い、恐ろしいグール？　違う。そんなんじゃない。そこにいるのは、さびしそうな目をした一人の女の子。

「優花、早く！」

ほのかに笑いながら、優花は首をふった。

説得しようとするわたしを神崎がひっぱる。

「離して。優花が！」

「もうムリだ！」

廊下には川ができていた。水がひざ下まで来る。水位はまたたくまに上昇していた。

制御室のドアが自動で閉まり、優花の笑みが視界から消える。

「優花！」

「……ありがとう。さよなら。詩織」

かすかな声が水音に飲みこまれる。


「どうするんだ？」という柴木に、神崎は、

「階段は防火シャッターでふさがれた。エレベーターも途中で停止する恐れがある。非常階段を使おう」

四階の非常出口のあるほうへ、みんなを誘導する。

水は刻々と深くなる。歩くうちに、ひざ上になった。水流はないので、なんとかまだ動ける。

けれど、それも腰までつかると難しくなった。歩くというよりは泳いでいく感じ。

「こっちだ！」

廊下が二手にわかれてる。

階段へ通じる大きな廊下と、非常口への細い廊下。

そこでとつぜん、水に流れが生まれた。堰《せき》が外れたように、急に激しく一方向へ押し流される。

階段のほうだ。防火シャッターがひらいたのかもしれない。

「わあッ！」

「あっ——」

数人が階段へと流された。アリス、柴木、里帆子だ。

「アリスちゃん！　里帆子さん！　柴木さん！」

「詩織さん。ムリだ。おれたちも流される！」

助けには行けなかった。わたしたちも流されそうになるのを、必死に手すりにしがみついて、どうにか後退する。

「急げ！」

神崎にひきずられるように、非常出口までやってきた。が、ドアにはやっぱり鍵がかかってる。もうダメだ。ここで全員、おぼれ死ぬんだ。アリスや里帆子はもう戻ってこれないだろう。わたしや香澄、神崎もここで……。

そのとき、館内放送が響いた。


その声はいつもの機械音声じゃない。かと言って、優花でもない。男の声だ。

「待て。今、非常出口の鍵を解除する。あいたら、すぐに出ていくんだ。それまで持ちこたえてくれ」

神崎がハッと息をのんだ。

「兄さん！」

「……悪かったな。こんなとこまで来させて。おれはもう帰れない。おまえだけでも――」

そのあいだにも小さな渦がまわりでいくつも発生し、立ってるのがつらくなる。わたしは神崎に支えられ、香澄はそのわたしにしがみついた。

「香澄ちゃん。もうちょっと、がんばって！」

「詩織さんこそ！」

励ましあってると、ようやく、

「今だ。行け！」

「兄さん！」

ノブをまわすとドアはひらいた。とどまろうとする神崎を必死にうながす。

「神崎さん！　行こう！」

「ダメだ。兄さんが――」

だけど、ドアをあけたせいで、水がいっきに押しよせてくる。わたしたちは三人折りかさなるようにして、非常階段の踊り場になげだされる。とっさに手すりにしがみついた。わたしたちの上を大量の水が流れていった。

ようやく、水量が減ってくる。チョロチョロとしかふきだしてこない。やっと立ちあがれた。

でも、それも一時的なものみたいだ。第二陣の水流が迫ってる。

「神崎さん。行きましょう！」

「おれは兄さんを助けに行く」

「もうムリって言ったのは、あなたです。見たらわかるでしょ？　そんなことしたら、あなたも死んでしまう！」

「おれは、いいよ……死んでも。死んだほうがいいんだ。おれのせいで灯里は死んだ。その上、兄さんも助けられないんじゃ……」

　これまでずっと、神崎を頼りにしてきた。おそらくは、わたし以外のみんなもだ。観察眼がするどく、機転もきいて、何よりもみんなの脅威をとりのぞいてくれる安心感があった。

　でもそれは、神崎にしてみれば、自分の命をかえりみない自暴自棄《やけくそ》から来てたのかもしれない。命が惜しくないから、思いきった行動がとれたのだ。

　それほどまでに強く、深く、この人の心はいなくなった恋人に縛られている。

　悔しさで涙がこぼれた。

「……そんなの、ダメ。わたしはあなたに生きていてほしいんです！」

　動こうとしない神崎を必死でひきずりおろす。けれど、不安定な足場で、しかもぬれてすべる。成人男子を女の力で運んでくことは、やはりできない。それでも必死に、泣きながら、その腕をひっぱる。

　見かねたのか、反対側に香澄もとびついた。

「二人は逃げて。今のうちに」という神崎に首をふり、ただただとりすがる。

「詩織さん。腕より足がいいですよ。階段ぬれてるから、下からひきずりおろしましょう」

　こんなときも、香澄は冷静だ。

　言われたとおり、足首を持って下からひっぱると、三人そろって、ズルズルすべりおちた。その直後、第二陣の波が非常口からとびだしてくる。まるで鉄砲水だ。

階段が半分に折り返したあたりまで落ちた。あちこち打ったけど、大きなケガはない。


急に神崎は笑いだした。泣き笑いみたいな笑みだ。

「もういいよ。わかったから」

そこからは三人でおりていった。三階の非常出口の前まで来たときだ。とつぜん、ガタガタとドアがゆれた。鍵がかかってるはずだけど、なかに誰かいるんだろうか？

神崎がドアノブに手をかけ、ひっぱる。勢いよくドアがひらいた。大量の水とともに、里帆子と柴木、それに甘見がぶつかってきた。

わあっ、キャーッとわめきちらしつつ、団子になって階段をころがりおちる。幅がせまいので、今度は途中でひっかかった。

「里帆子さん！　柴木さんや甘見さんも！」

「詩織ちゃーん。よかった。あんたたちも生きてたのねぇ。甘見くんが鍵をあけてくれたんだけど、ドアがさびついてて、あかなくてさぁ。助かったよ」

聞くと、甘見は制御室に入らず、こっそり一人で逃げようとしてたらしい。しかし、どこのドアもさびて、一人ではあけられなかったのだ。

でも、それが幸いして、里帆子や柴木が助かった。

里帆子たちが生きていてくれたのは、とても嬉しい。だけど、彼女たちといっしょに流れていったはずのアリスの姿がなかった。

「アリスちゃんは？」

「それが、流されてる途中で、はぐれちゃったみたいで……」

「そうですか……」

　とにかく人数が増えたので、自然と活気が戻った。階段には穴があいたり、きしんで怪しい部分もあったものの、どうにか全員で地上までおりてきた。

　少し離れたところに小高い丘があった。草の上にすわりこむと、生きている心地がした。

朝日をあびて

疲れきったわたしたちは、いつのまにか眠っていた。布団も寝袋も何もない野宿。でも、ゲームに勝った安心感からか、その夜は熟睡した。

目をさますと、朝日がまぶしく、あたりを照らしていた。小鳥が鳴いてる。この日は霧もなく、とても清々しい青空。

わたしはすぐに周囲を見まわした。神崎、香澄、里帆子、柴木、甘見。全員そろってる。もうグールはいないのだ。

わたしたち、勝ったんだ。ゲームからぬけだせた。

悲しいことがたくさんあった。青居さんには悪いことをした。優花ともっと話しあう時間があれば、友達になれた。神崎は兄を失ったし、アリスも……。

でも、今は朝日が心から好ましい。昨日までの暗い何かをすべて払拭してくれた。

しばらくすると、神崎が起きてきた。よかった。朝になったら、もしかしたら彼はいなくなってるんじゃないかと、少し心配していたのだ。

「神崎くん」

「……ここ、どこかな？　助けを呼ばないといけない場所かもね」

「神崎くん。今、みんなまだ寝てるから言うけど、約束してほしいの」

「……」

神崎は嘆息した。ほんとはわたしの言葉を聞きたくないかのように。

「……何？」

「もう自分を責めないでほしいの。灯里さんのこと忘れられなくてもいい。でも、あなたのおかげで、わたしたちは助かった。あなたは生きる価値がある人だよ。わたしたちは死ぬまで、ずっと、あなたに感謝してる」

「おれだけの力じゃないよ」

わたしは首をふる。

「あなたの推理のおかげで、わたしたちは真実を知ることができた」

神崎はどうでもよさそうな顔をしてる。やっぱり、彼の心は遠い。そう思うと涙が出てきた。

ポロポロこぼれて止まらない。

すると、神崎がそっとささやいてくる。

「とりあえず、生きてみるよ。自分をゆるせるかどうかは、まだわからないけど」

「……ありがとう」

それだけでいい。

この世のどこかで彼が生きている。そう思えるだけで。

さらに神崎は言う。

「もしも、それでもおれがくじけそうになったら、詩織さん。責任とってくれる？」

「えっ？」

見ると、神崎はちょっぴり照れたような顔をしてる。

「どうしても一人でいるのがツライ夜は、電話をかけてもいい？」

「……はい」

ほんとか嘘かはわからない。神崎は気やすめで言っただけかもしれない。

「わたしも、がんばります。まだぜんぜん思いだせてないけど、早く記憶をとりもどして、ほんとの自分になります」

「そのときは、おれのこと忘れてるかもよ」

「それはないから！」

彼とこんなふうに話せるのが嬉しい。少しは心をひらいてくれた気がする。


そのあと、みんなが起きてきて、周囲をさぐった。森をぬけると水平線が見えた。この場所が海にかこまれた島だとわかった。船はない。参加者が万一、建物から出てきても、勝手に逃げだせなくなっていたのだ。

「どうすんのぉ。これ。あたしたち、どうやって帰るの？　お腹も減ったしさ」という里帆子の声にかぶるように、甘見が叫ぶ。

「スマホ、圏内だ！　救助要請できる！」

鉄筋コンクリートの建物を出て森をぬけると、電波が通った。警察なのか消防なのか海上保安庁なのか迷ったすえ、島なので海上保安庁にかける。甘見のスマホが防水で助かった。

港らしき場所は岬にあった。そこで救助が来るのを待ったけど、途中、新たな発見があった。

木々のあいまの花畑に寝かされてる人影があった。木もれ日をあびる姿は、まるで天使。アリスだ。

「アリス！」

「アリスちゃん！」

近づくと、服がちょっと乱れていた。ブラのホックが外されてる。が、それはやましいことのせいというより、おそらくは人工呼吸のためだ。服がまだぬれてる。

「アリスちゃん。しっかり」

「里帆子さん。容態、どうなんですか？」

「ちょっと待ってよ。うん。脈はある。呼吸も安定してる」

「よかった！」

アリスは生きていた。人工呼吸がほどこされているんだから、誰かに助けだされたようだ。

まもなく、アリスは目ざめた。気がつくと同時につぶやく。

「薬師寺が……助けてくれたの」

だけど、周囲に薬師寺はいない。彼はグールになった。津原を食べて食肉衝動を抑えたので、アリスを助けられた。

いったい、どこへ行ったんだろう？　人肉を食べなければ彼は死ぬ。無人のこの島にとどまれば、いつかその肉体はくずれおちる。おそらく、薬師寺はその道を選んだのだ。

「薬師寺……どこへ行ったのかな？」

つぶやくアリスの手をとって、香澄が走りだす。

「アリス。海上保安庁の巡視船に乗れるんだよぉ。さ、行こ。こんなスゴイ経験、一生に一回きりだよね」

アリスは香澄がついていれば問題ない。

「はぁ。いいね。若いって。元気だなぁ。あたしはここから帰ったら、どうしようかなぁ」と、里帆子がため息まじりに言う。

すると、柴木が返す。

「君は看護師だろ？」

「い、いもとね」

「じゃあ、また看護師になればいい」

里帆子は首をふる。

「先生はいいよ。でも、あたしはムリ。週刊誌に殺人ナースとか書かれちゃったしさ」

思わず、ふりかえった。甘見や神崎もガン見してる。

里帆子は苦笑いした。

「いや、違うからね。ほんとのとこは、院長のボンクラ息子の医療ミスをあたしのせいにされただけ。でも、あたし一人が冤罪を主張しても、病院ぐるみで隠蔽《いんぺい》されると、どうしようもなかった。証拠不十分で不起訴になったけどさ。もう看護師として雇ってくれるとこないよ」

白々しいほどのせきばらいをしたのは、柴木だ。

「どこかの無医村でドクター復帰なんてどうかと思ってるんだが、助手がいるな。優秀なナースが。初瀬くん、来ないか？」

里帆子は一瞬、言葉につまった。気をとりなおし、

「ま、考えといてあげるわ」と答えるけど、その目には光るものがある。本人はあわてて隠そうとしてるけど。


港で巡視船が来るのを待った。

日差しがぽかぽか、心地よい。なんだかウトウトしてしまいそう。

＊

数ヶ月がすぎた。

わたしは身柄を保護されてから、近くの病院へつれていかれた。

ほかのメンバーも最初は全員、病院で検査をされたり、警察の聞き取りを受けたみたいだ。で

も、すぐに解放されたという話だ。それぞれの自宅へ帰り、いつもの生活へ戻った。

新たな門出を迎えた人もある。柴木と里帆子は離島で小さな個人医院をひらいた。

アリスと香澄は、アリスの実家に近い京都でルームシェアしながら、二人で同じ大学を受けるために勉強してる。アリスの親が裏家業をやめたのかどうかはわからない。ただ、アリスはそれを継ぐつもりはない。親の援助も受けず、アルバイトをしてるという。

甘見とは、すぐに連絡がとれなくなった。別れるとき、みんな連絡先や電話番号を交換しあったんだけど。今も泥棒を続けてるのか、それとも手に入れた二千万円で人生をリセットしたのか。


わたしには捜索願いが出されてた。親元から離れて一人で就職してたけど、連絡がとれなくなり、職場にも無断欠勤だというので、行方不明あつかいになってたのだ。

病院に来た父と母の顔を見たとたんに記憶が戻った。子どものころのこと。成人してからのこと。何もかも思いだした。事故後の記憶はまだ混乱している部分もあるが、日常生活には困らない。仕事にも先月から復帰できた。ごくふつうのＯＬ。あまりにも平凡な毎日なので、あの廃病院でのおかしなゲームは、悪い夢だったんじゃないかと、今では思いさえする。

でも、夢でなかった証拠に、香澄やアリス、里帆子とは今でも連絡をとりあうし、それに……。

「ごめんね。遅れちゃった。だいぶ待った？」

ハチ公の前で待ってる彼に、手をふりながら声をかける。

「いや。さほど」

「じゃあ、今日はどこ行く？」

「別に。そのへんの公園でぼんやりしてるのがいい」

「また、老人みたいなこと言って。わたし、見たい映画あるんだけど」

「映画。どんな？」

「すっごい悲恋物のめちゃくちゃ泣けるやつ。古い映画のリバイバルなんだって」

「おれ、そういうのめんどいよ」

「そういうと思った。じゃあ、魔法バトルのアクションファンタジー」

「ふうん。じゃあ、見る」

気乗りしないようすの神崎の腕をとる。

誰もがふりかえるほどの美青年なのに、アクビを連発して、少しもきどったようすがない。それに、あのゲームのあいだはあんなに頼りになった彼だけど、ふだんはめんどくさがりで何かと横着だ。あのときのカッコイイ姿もまた夢だったのか。たぶん、危機的状況になると、能力を百二十パーセント発揮するタイプ。

「じゃあ、映画終わったら、公園で昼寝してもいいよ」

「うん。ひざ枕がいいなぁ」

思ったより甘えん坊。

でも、そんなところも可愛い。

エピローグ

近ごろ、街でささやかれるウワサがある。

夜な夜な人が襲われ、死体も出てこない殺人事件が横行しているとか。いや、骨だけなんだ。死体はあるとか。

清楚な黒髪の美女に誘われて路地裏へ行くと、巨体の男と白衣姿の男がいて、三人で喰われる。

ホームレスがやけに減ったとか。

家出少女は気をつけたほうがいいとか。


「都会はいいね。人がいなくなっても、あんまり目立たないし」

「骨が残るのは、なんとかならないの？」

「いや、骨までかじれないって」

「問題ないだろ？　一晩で人を骨にできるなんて、ただの人間じゃありえない」

「そうよね。ただの人間なら」


クスクスと笑う声が、闇に溶ける。

あとがき

ほとんどのかたは初めましてだと思います。涼森巳王《すずもりみお》です。

小説投稿サイト『エブリスタ』にて十年前から活動し、数冊の短編アンソロジー（東堂薫名義）を得て、今回、初めての単独著書を出版させていただきます。感無量です。

私が初めて小説を書いたのは中学一年生です。先輩の書いたエッセイがあまりにもおもしろかったので、自分もそういうものを書いてみたいと思ったのがきっかけでした。横溝正史をお手本にミステリーを。もちろん、最初の一冊はてんでつまらない。ま、カスですよね。

それから〇十年。（〇のなかはお好きに想像してください）何度も一般公募に落選しつつも、しつこく書き続けたおかげで、ようやく念願叶いました。

中高生のころに書いたものは全部すてたので、ハッキリした数字はわかりませんが、長短あわせて少なくとも三千万字はこれまでに書いています。エブリスタ上では百冊になろうという作品を公開していますので、興味があれば、ぜひご覧ください。SF、ミステリー、ホラー、ファンタジーを中心に、幻想的で耽美な作品が好きな一方、エンタメ性に強いこだわりを持っています。

とにかく、読んで『おもしろい』こと。

いかがでしたか？　屍喰鬼ゲーム。おもしろかったでしょうか？

デスゲームですので、人の殺しあいをおもしろいなんて不謹慎と思われるかたもおられるかもしれませんが、急速に建前社会になりつつある現今。一方でグロテスクな作品が若者の強い支持を得ています。それらを楽しむのは、閉塞した現実に対する一服の清涼感を求める行為じゃないでしょうか？　どこかでストレスを発散させないと、心のバランスがとれませんから。

なので、この本を読んで「おもしろい」と言っていただければ、筆者にとってこれ以上の幸せはありません。

ここまで読んでくださったみなさま。以前からずっと応援してくださっているフォロワーさま。リアルで応援してくれる友達、家族。素敵な絵を描いてくださったミツ蜂さま。最恐大賞に選んでくださった選考委員のかたがた。担当してくださった小川さまおよび竹書房のみなさま。エブリスタの編集さま。印刷所のみなさまや店頭にならべてくださった本屋のみなさま。この本にかかわってくださったすべてのかたに心より感謝いたします。

二〇二四年六月六日

涼森巳王

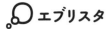

屍喰鬼《グール》ゲーム

2024年7月25日　初版第一刷発行

著者……涼森巳王
装幀……坂野公一＋吉田友美（welle design）

発行所……株式会社　竹書房
〒102-0075　東京都千代田区三番町8-1　三番町東急ビル6F
email: info@takeshobo.co.jp
https://www.takeshobo.co.jp
印刷・製本……中央精版印刷株式会社